BIBLIOTECA POLIROM

Colecţia BIBLIOTECA POLIROM este coordonată de Dan Croitoru.

Michel Houellebecq, *Interventions 2020*

www.polirom.ro

Editura POLIROM
Iaşi, B-dul Carol I nr. 4; P.O. BOX 266, 700505
Bucureşti, Splaiul Unirii nr. 6, bl. B3A,
sc. 1, et. 1, sector 4, 040031, O.P. 53

Descrierea CIP a Bibliotecii Naţionale a României:

HOUELLEBECQ, MICHEL

Un pic mai rău / Michel Houellebecq; trad. din lb. franceză şi note de Alexandru Matei. – Iaşi: Polirom, 2022

ISBN: 978-973-46-9004-6

I. Matei, Alexandru (trad.)

821.133.1

Printed in ROMANIA

Michel Houellebecq

Un pic mai rău

Traducere din limba franceză
şi note de Alexandru Matei

POLIROM
2022

CONSERVATORISMUL, IZVOR DE PROGRES

Acest text a apărut în Le Figaro *din 8 noiembrie 2003 și a fost reeditat în* Houellebecq, Cahiers de l'Herne, *2017, sub coordonarea lui Agathe Novak-Lechevalier.*

Paradoxul nu este decât aparent: conservatorismul poate fi un izvor al progresului, la fel cum lenea este mama eficienței. Așa se explică în mare măsură de ce atitudinea conservatoare e atât de greu înțeleasă.

De la apariția termenului de „nou reacționar" în lucrarea inteligentului Lindenberg[1], nimeni n-a putut să-i confere, din câte știu eu, un sens oarecare. Nedefinită ca înțelegere, sintagma nu e bună nici în ceea ce acoperă, așa cum scria cu finețe Jacques Braunstein în *Elle*. Conferința de la Deauville a avut ca prim obiectiv, cred eu, ieșirea din această situație ambiguă care, dincolo de nefericitul Lindenberg, pune grava problemă a credibilității intelectuale a comanditarului său, copoiul Plenel, și chiar pe aceea a coerenței „gândirii de stânga", față de care reprezintă o ultimă reverberație (ca flacăra stinsă a unor stele deja moarte etc.).

---

1. Referire la Daniel Lindenberg, *Chemarea la ordine. Anchetă asupra noilor reacționari*, traducere de Valentin Protopopescu, Compania, București, 2003.

Pentru a evita un eşec care să pună în pericol viitorul oricărei dezbateri, voi încerca aici să eliberez puţin calea. Ontologic vorbind, reacţiunea presupune acţiunea; deci, dacă există noi reacţionari, trebuie să existe şi noi progresişti. Cum să-i definim? Reluând ingenioasa terminologie a lui Taguieff, putem integra cu uşurinţă noul progresism în *bujism*[1].

Spre deosebire de predecesorul său, noul progresist nu identifică progresul cu un conţinut intrinsec, ci cu un caracter de noutate. În cele din urmă trăieşte într-un fel de epifanie permanentă, foarte hegeliană în nerozia ei, unde tot ceea ce apare este bun prin simplul fapt că apare. Astfel, ar fi deopotrivă de reacţionar să te opui purtării unor bikini sau a vălului islamic, unui show ca Big Brother sau predicilor lui Tariq Ramadan[2]. Tot ceea ce apare este bun.

Noul reacţionar, dimpotrivă, refractar la noutate din principiu, apare ca un ţâfnos; ar fi, dacă termenii ar avea sens, ceea ce s-ar numi un conservator (regalist în vremea monarhiei, stalinist sub Stalin etc.). Cele două atitudini par la o primă vedere la fel de prosteşti, în opoziţia lor

---

1. De la *bouger*, „a se mişca". Este vorba despre un apelativ peiorativ folosit de filosoful Pierre-André Taguieff pentru a defini tendinţa de schimbare permanentă a cadrelor sociale.
2. Intelectual musulman născut la Geneva, lider de opinie al unui islamism moderat, profesor universitar la Oxford până în 2018, când este subiectul unui scandal sexual şi i se fixează domiciliul obligatoriu în Franţa. Autor al unor volume de eseuri despre condiţia musulmanului european.

conjugată față de poziția de bun-simț care constă în a aproba noutatea dacă e bună, a o respinge dacă e rea. Această simetrie nu este totuși exactă decât parțial. În acest stadiu, am putea propune vreo paisprezece remarci; din lipsă de spațiu, mă voi limita la două.

În primul rând, inovația este obositoare. Orice rutină, bună sau rea, are avantajul de a fi monotonă, de a putea fi urmată cu un minimum de efort. Rădăcina primară a oricărui conservatorism este lenea intelectuală. Dar lenea conduce la sinteză, la găsirea trăsăturilor comune dincolo de diferențele de suprafață. Intelectual vorbind, este o virtute puternică. În matematică, dintre două demonstrații la fel de riguroase o vom prefera mereu pe cea mai scurtă, pe cea care va obosi cel mai puțin memoria. Conceptul destul de misterios de eleganță a unei demonstrații este, de fapt, aproape echivalent cu cel de concizie (ceea ce nu este deloc surprinzător, având în vedere că eleganța unei mișcări poate fi măsurată aproximativ prin economia ei).

În al doilea rând, metoda științifică în integralitatea ei (în sensul clasic, ca alternanță între faza de elaborare teoretică și cea de verificare experimentală) are ca primă condiție o dispoziție de gândire în mod esențial conservatoare. Teoria este un lucru de preț, obținut după o luptă grea, iar omul de știință nu se va resemna să o abandoneze decât dacă faptele experimentale îl obligă fără înconjur. Și pentru că nu renunță la teorie decât din rațiuni serioase, nu va fi tentat niciodată să se întoarcă la ea.

Acest conservatorism de principiu are drept corolar posibilitatea unor progrese efective, ba chiar, dacă circumstanțele obligă, a unor autentice revoluții (numite, după Kuhn,

„schimbări de paradigmă"). Nu e deci deloc paradoxal să numești conservatorismul un izvor de progres, la fel cum și lenea este mama eficienței.

Transpunerea politică a unor astfel de principii, sunt de acord, nu este directă. De aceea, atitudinea conservatoare, chiar dacă provoacă simpatie cu moderație, chiar dacă posedă un conținut ideologic slab, este rareori înțeleasă. Ca să folosim o metaforă, aș spune că firile conservatoare au tendința de a idealiza societatea sub forma unei mașinării perfecte, în care trecerea de la o generație la alta se face printr-un efort minim, în care încerci să micșorezi suferințele și constrângerile la fel cum încerci, în mecanică, să micșorezi frecarea (ceea ce are, de pildă, drept consecință reducerea drastică a populației). În orice caz, conservatorul va medita asupra principiilor, impregnate de un taoism din regiunea Poitiers, cel al defunctului senator Queuille[1] (de pildă: „nu există nici o problemă politică ce să nu se poată rezolva prin inacțiune"); nu va uita sentința bătrânului Goethe, conform căreia „o nedreptate face mai mult decât o dezordine" – cinică, dar numai în aparență, ținând cont de puternicul ferment de nedreptate constituit de orice dezordine.

Unul dintre ultimii conservatori autentici a fost probabil acel lord englez, citat de Huxley, care a scris în 1940 o

---

1. Figură politică a celei de-a Treia și a celei de-a Patra Republici, de douăzeci și una de ori ministru în diverse guverne de-a lungul celor aproape nouă decenii de viață (1884-1970), Henri Queuille a rămas un simbol al ineficacității politice și a unei concepții fataliste și cinice despre politică.

scrisoare la Poşta redacţiei de la *Times* pentru a propune sfârşitul războiului printr-un compromis (*Times*, „ziar odinioară conservator", notează Huxley, a refuzat să publice scrisoarea).

Conștient că viața oamenilor se desfășoară într-un mediu biologic, tehnic și sentimental (adică numai în mod secundar politic), conștient că are drept obiectiv urmărirea unor obiective private, conservatorul va respinge instinctiv orice convingere politică marcată. Omul revoltat, cel care rezistă, patriotul, scandalagiul i se vor părea, înainte de orice, niște indivizi demni de dispreţ, animaţi de prostie, vanitate şi dorinţă de violenţă.

Spre deosebire de reacţionar, conservatorul nu va avea astfel nici eroi, nici martiri; dacă nu salvează pe nimeni, nu va face nici el vreo victimă; nu va avea, pe scurt, nimic eroic în mod special; dar va fi, și acesta e șarmul lui, un individ foarte puțin periculos.

SUNT NORMAL. SCRIITOR NORMAL.

Acest text a apărut inițial într-o revistă al cărei nume l-am uitat și a fost reluat în culegerea Des nouvelles du Prix de Flore *(Flammarion, 2004).*

Trebuie să se fi întâmplat, cred, în primăvara lui 1992. Prima mea culegere de poeme, *În căutarea fericirii*, tocmai apăruse. Iau prânzul cu Jean Ristat într-o pizzerie din Ivry-sur-Seine. Îmi toarnă niște vin și, apoi, cu un surâs timid, îmi spune că face parte din juriul unui premiu. Un premiu literar, da, asta era. Premiul Tristan Tzara, mai exact. Aș accepta, în caz că? Firește, nu se știe nimic; personal vorbind – de ce să ne ascundem? –, „știi ce cred despre ce scrii". Ceremonia e foarte drăguță, la Aubigny-sur-Nère, în regiunea Cher: vor veni viticultori, consilieri generali, un primar de dreapta... în fine, viață, ce mai. Va fi chiar și un senator, dacă nu e ocupat. Dar, dacă ar fi să refuz, ar fi jenant, foarte stânjenitor; mai bine, în cazul ăsta, să nu mai vorbim. Oricum, asta nu va schimba nimic în relația noastră, în nici un fel.

Dar sigur că da, Jean, normal. Un premiu literar? Să fie primit. Până la urmă, ura!

Patru ani mai târziu. A doua culegere de poeme, *Sensul luptei*, apărută în aprilie sau martie. Scena cred că se petrece în octombrie, dar nu sunt sigur (oi fi devenit senil?). O certitudine: vorbesc la telefon, iar rolul lui Jean Ristat este jucat acum de Frédéric Beigbeder. Vrea să voteze pentru mine, îmi dau seama; totuşi, e îngrijorat. Oare dacă voi obţine premiul n-o s-o iau pe arătură, n-o să fac scandal? N-o să pun capăt carierei mele literare, n-o să-mi ard manuscrisele, n-o să plec într-un ermitaj în Chile?

Cum să fac aşa ceva, Frédéric, cum? Ţin totul sub control, am situaţia în mână; şi de altfel, după mine urmează Lydie Salvayre, autoarea romanului *La Puissance des mouches* şi psihiatră de fel. Am mintea limpede, coerentă; ideaţia e perfectă, responsabilitatea, doar puţin atenuată. Lydie poate depune mărturie, eventual sub jurământ.

Premiul Tristan Tzara vine la pachet cu un cec de cinci mii de franci (oferit de editura Belin), cincizeci de sticle de vin de Sancerre (alb şi roşu) şi o sticlă mare de trei litri cu vin alb de Sancerre, inscripţionată cu numele meu. Prix de Flore vine la pachet cu un cec de patruzeci de mii de franci (oferiţi de cine?) şi trei sute şaizeci şi cinci de pahare cu vin de Pouilly *fumé* cu capacitatea unitară de două sute cincizeci de mililitri (de data aceasta, paharul este inscripţionat cu numele meu). Se vede limpede, chiar şi fără să ţinem cont de *beneficiile imateriale* (juriu la modă, fotografi de la revista *Gala* în alertă), că Prix de Flore e mai tare. E drept că între timp publicasem un roman, *Extinderea domeniului luptei*, devenit apoi o *carte-cult* (nimeni nu o cumpără, toată lumea o citeşte; din fericire, Maurice Nadeau are o politică solidă de acoperire). Scriitor recunoscut, sunt totuşi mereu un subiect de îngrijorare. Invitat la o conferință la Grenoble (despre posibilitatea existenței sau manifestării unei noi „generații de creatori"; în sfârșit, o conferință), pălăvrăgesc cu unul dintre organizatori - e duminică dimineața, suntem la micul dejun, chiar înainte să plec. Totul s-a desfășurat foarte bine; îmi mărturisește că se simte ușurat. „Houellebecq... idee bună... i se spusese, dar trebuie să fii atent... să nu cumva să se dezbrace în public. În fine, poți încerca..." Nu știu; nu știu ce să-i răspund. Trebuie să fie zvonuri false.

În această zi de joi, 7 noiembrie, sun prin urmare la Flammarion. Nimeresc direct la Valérie Taillefer. Am luat Prix de Flore. Pare fericită. Și (spun asta ca să le arăt generațiilor viitoare că nu sunt un om complet rău), într-adevăr, cea mai mare plăcere acum este că simt din vocea ei că Valérie Taillefer e fericită. Destinsă. Un pic îngrijorată totuși către final: „Michel, sper că veniți, da? Nu ne faceți figura, da?".

Să ne întoarcem în trecut. Să stabilim lucrurile în mod clar. De la începutul anilor 1990, public cu regularitate. Invitat la televiziune, am pălăvrăgit, pertinent, cu diverși prezentatori. Prezent cu ocazia târgurilor de carte, am intrat bucuros în jocul autografelor și al dedicațiilor. N-am insultat niciodată vreun fotograf; dimpotrivă, am cu unii dintre ei relații excelente. Nu înțeleg. Ce nu-i în regulă cu mine? De ce sunt bănuit? Accept distincțiile, onorurile, recompensele. Nu refuz jocul. Sunt normal. Scriitor normal.

Uneori mă scol noaptea, mă privesc în oglindă; îmi studiez fața, încerc să văd ce văd ceilalți și ce-i neliniștește.

Nu sunt foarte frumos, asta-i sigur, dar mai sunt și alții ca mine. Trebuie să fie altceva. Privirea? Poate privirea. Singurul lucru pe care nu-l poți vedea în oglindă este propria privire.

În taxiul care ne duce la Saint-Germain-des-Prés (ne aflam amândoi la o conferință la Créteil), pălăvrăgesc glumeț cu Marc Weitzmann. Încerc să păstrez tonul șugubăț, cu toate că ne gândim la Prix de Flore. E încântat că l-am luat; dar și puțin surprins. Încearcă să interpreteze evenimentul. Degeaba, băiatul ăsta nu reușește să înțeleagă că evenimentele se produc *din întâmplare*; caută semne. Pentru un premiu literar barosan, corupt, desigur, se găsește cu ușurință o explicație luminoasă și satisfăcătoare – de genul cineva avea o datorie la altcineva. Pentru Prix de Flore, e ceva mai greu. Juriul este bizar, toată lumea o știe, un amestec de mondeni și personalități mai puțin cunoscute. E greu să-i cumperi pe toți, nu prea merge. Cum s-ar putea explica altfel că am bătut *Schimbarea la trup* a lui Marie Darrieussecq[1], *romanul-eveniment* al toamnei literare? Și asta cu un volum de poezii.

Stimulat de jocul intelectual, poate și în ideea unui eventual discurs, pun rapid la cale o povestire simbolică. Ca o veche și puternică divinitate îngropată sub nisipurile terțiare, poezia tocmai s-a trezit din somnul ei prostesc.

---

1. În original, *Truismes*, dar ediția românească a fost publicată cu titlul *Schimbarea la trup*, traducere de Claudiu Constantinescu, prefață de Alexandru Matei, Pandora M, București, 2003.

Iă Iă Cthulhu fhtagn! După decenii de absență, s-a gândit că e cazul să „trimită un semnal puternic“ celui de-al doilea mileniu liberal aflat în descompunere (limbă de foc care iese din deget, ca la Moise). M-am aflat în calea limbii de foc (în istorie, sunt filamentul becului care bâzâie, o clipă, înainte să se ardă). Câțiva fluturi de noapte cu antenele ultrasensibile (Frédéric Beigbeder, Ariel Wizman) au perceput această scânteie care se stinge. Învestiți cu o nouă misiune, și-au luat zborul în crepusculul din cartierul Saint-Germain-des-Près pentru a alerta populația intermediară. Nu e rău; puțin megaloman, totuși, oamenii o să se neliniștească. Oare să merg mai degrabă pe ideea de „muncitor cinstit al textului“? Nu, nu prea merge, întotdeauna am pretins că e exact pe dos.

Pun la punct o strategie intermediară, după care intrăm. Multă lume, dar mai puțină decât în nuvela lui Vincent Ravalec (Bernard-Henri Lévy, absent; nevastă-sa, absentă; Françoise Sagan nu e nici ea, dar e probabil moartă, asta ar fi o scuză). Totuși, micul *plus* care ne face să uităm de tot: Charles-Henri Flammarion. E atât de plăcută latura asta dinastică din lumea editorială franceză. Pare să promită un univers de ediții integrale, cu menționarea variantelor și cu aparat critic. „Sub îndrumarea avizată a lui Charles-Henry, al patrulea din familie, casa Flammaryon își menține teritoriile, evitând cu înțelepciune un conflict periculos la frontieră cu librarul Galymard. Lunga domnie a lui Charles-Henry, poreclit «Generosul», a fost totuși tulburată spre sfârșit, la fel ca în cazul predecesorilor, de probleme de succesiune.“

Îmi amintesc foarte bine de acel premiu luat la Aubigny-sur-Nère. Tot satul venise, se înghesuise în sala de festivităţi pentru ceea ce constituia în mod evident evenimentul cultural al anului. Păreau fericiţi să mă vadă, şi mai ales să fie acolo; o ocazie, ca oricare alta, de a se regăsi, nu mai idioată decât 14 iulie sau 11 noiembrie[1]. Mediator necesar al festivităţilor locale, mă simţeam îndreptăţit să fiu acolo. Ei bine, în seara asta, la Café de Flore, e cam la fel: venise tot satul.

Totul s-a dat peste cap pe la opt seara, probabil definitiv. Îmi amintesc foarte bine momentul acela. Pălăvrăgeam, destins şi cumva nostalgic, cu Raphaël Sorin. Ne proptiserăm cu coatele pe balustradă, la primul etaj de la Flore. Un fotograf s-a apropiat. Fără să întrerup conversaţia, mi-am întors uşor privirea spre el şi am schiţat un surâs; nu mă deranja în nici un fel. Eram, de mult, în căutarea unui fel de a trăi. Şi, iată, asta era, îl găsisem; urma să devin *star*.

Odată hotărârea luată, totul mergea şnur, fără dificultăţi. A sosit Philippe Vandel, mi-a înmânat premiul. Philippe e un prieten şi un mare profesionist, pe care-l respect.

Mai târziu, la Castel, îmi probez noul statut. Peste tot în jurul meu oamenii dansează sau pălăvrăgesc. Stau pe o banchetă, cu mâinile aşezate cuminţi pe genunchi. Oricine se poate apropia de mine, poate să mă atingă sau să-mi

---

1. Ziua Naţională a Franţei, respectiv ziua semnării Armistiţiului care a pus capăt Primului Război Mondial, în 1918.

vorbească; fără nici o problemă. Voi avea un cuvânt amabil pentru fiecare, în funcție de poziția lui. Oamenii mă vor găsi foarte simplu, dar în același timp vor ști că lucrurile nu merg mai departe. În mare, viața mea va fi ca până atunci, doar că ceva mai calmă.

Puțin mai încolo, foarte discret, o șterg – petrecerea va continua bine mersi și fără mine. Afară, o atmosferă calmă, puțin rece. Mă simt normal, bine. Totul merge bine. Acum, totul merge bine.

TEXTUL PIERDUT

Acest text este prefața cărții lui Rachid Amirou[1] L'Imaginaire touristique *(CNRS éditions, 2012).*

1. Sociolog francez născut în Algeria (1956-2011).

În timpul schimburilor de e-mailuri pe care le-am avut cu fratele său, Amar Amirou, care s-a angajat cu multă amabilitate să adune textele risipite, am menționat de multe ori un articol de care aproape uitasem, cu excepția faptului că Rachid îndrăznea să facă acolo o paralelă neașteptată între noțiunea de „capacitate de încărcare“ a unui peisaj pe care o introduseseră unii responsabili cu ecologia (cutare peisaj natural e susceptibil să primească o anumită cantitate – să zicem lunară – de vizitatori umani, dincolo de care ar fi de dorit, pentru a-i păstra integritatea, să li se interzică accesul), și cea mai celebră de „prag de toleranță“ (aplicată de astă dată populațiilor de imigranți admise pentru a locui într-un teritoriu).

Ne putem gândi desigur că așa cum excesul de vizitatori umani („uman“ fiind considerat aici un factor *dăunător*) poate *strica* un peisaj și îi poate diminua valoarea de sit vizitat, excesul de populație imigrantă care nu corespunde așteptărilor etnografice ale vizitatorilor străini se poate dovedi contraproductiv din punctul de vedere al economiei turistice. Dar tonul folosit de Rachid în acest articol era insolent, ca o ironie blândă, nu militant. Scopul lui era să descrie omenirea și comportamentele ei, nu s-o dojenească și s-o reformeze; în fine, era scriitor.

Dar înainte de toate era un sociolog de o indiscutabilă originalitate, chiar și în alegerea domeniului de studiu, foarte puțin exploatat în ciuda vastității sale (încă îmi aduc aminte de surpriza pe care am avut-o la prima lectură a cărții *Imaginarul turistic și sociabilitățile călătoriei*, când am văzut pentru prima oară că pelerinajul poate fi integrat în cadrul unei reflecții generale asupra turismului). În timpul acestui schimb de e-mailuri (n-am reușit să găsim textul), fratele lui m-a întrebat detalii despre articolul pe care-l căutam: oare vorbea acolo despre parcuri tematice (ca în „Meșterii din Marquenterre"), despre parcuri de distracție de tipul Euroștrumfi sau pur și simplu despre parcurile naturale? Mi-am dat seama atunci de incredibila și aproape burlesca diversitate pe care o atinsese de-a lungul ultimilor ani oferta turistică din țara noastră (Franța). Și mi-am spus că, hotărât lucru, un foarte bun sociolog al turismului avea să ne lipsească. Cât despre scriitorii buni, niciodată nu sunt destui, cel puțin asta-i părerea mea.

E drept, n-a scris niciodată vreun roman – și, spre deosebire de Philippe Muray (pe care-l admira), nici nu a încercat. Mi s-a întâmplat să regret asta, știind totodată că ceea ce scria era, în alt fel, deopotrivă de important. Dacă s-ar fi aventurat în domeniul ficțiunii, nu ar fi aderat în mod sigur la mișcarea proustiană sau celiniană, la nici una dintre marile filiații deja stabilite. Gustul îl purta mai degrabă spre acea mică familie – rară și prestigioasă – de spirite ironice și binevoitoare, luminoase și stranii, dar mai ales de o inteligență sclipitoare, care i-ar putea număra printre membrii săi pe Borges sau Perec.

În *„Cantatrix sopranica L." et autres écrits scientifiques*, Georges Perec se dedă unei serii de parodii, adesea foarte amuzante, ale textelor savante. Mi s-a părut întotdeauna că Rachid Amirou, în *Imaginarul turistic și sociabilitățile călătoriei*, singura carte pe care a publicat-o, se deda uneori unui exercițiu de același ordin, și că alegerea referințelor, a notelor de subsol avea adesea ca obiect (prin poziția, prin sonoritatea, prin ușoara ruptură indusă) să ne smulgă un ușor zâmbet - mult mai discret, desigur, decât hohotul de râs pe care-l provoacă anumite note de subsol inventate de Perec. Și cu diferența, de asemenea, că volumul a fost inițial o teză de doctorat susținută într-un mod cum nu se poate mai oficial, și că referințele trebuiau în mod clar să fie precise și verificabile. Trebuia, cu alte cuvinte, să înainteze mascat, orice bănuială de literaritate introdusă în text ar fi putut să facă să apese îndoiala asupra caracterului științific al contribuției lui. Ne oferea astfel în același timp un discurs științific - interesant în el însuși, pe alocuri deranjant pentru că încerca să inoveze - și o ironie asupra aceluiași discurs (nu asupra conținutului, ci a poziției sociologului care produce discursuri „științifice" asupra stării sociale), ironie care trebuia, aceasta era legea genului pe care-l alesese, să rămână până la capăt indecisă.

Necunoscut marelui public, apoi universitar, Rachid Amirou era de multe ori prea puțin apreciat de colegii lui și nu e de mirare, având în vedere distanța evidentă, de fapt, ca s-o spunem clar, superioritatea eclatantă față de publicațiile care oscilează în mod obișnuit între stângismul rezidual (asupra „neocolonialismului“ turistic) și bigotismul ecologizant care deplânge autenticitatea pierdută a populațiilor autohtone (ceva între Victor Segalen și *Le Guide du Routard*, ca să precizez nivelul). Spre deosebire de atâția dintre dezamăgitorii lui colegi, el știa că populațiile autohtone pervertite în felul acesta erau uneori foarte fericite să se poată integra unui mod de viață occidental la care oricum aspirau deja – și că nu aveau neapărat chef să trăiască, așa cum se spune, în „domiciliu identitar forțat“. Din când în când, și-a mai deschis sufletul către mine, dar mereu fără amărăciune. Accepta binedispus această relativă ostracizare. Știa că prestigiul care însoțește o carieră academică și mediatică strălucită le era destinat aparent altora, iar el rămânea, ca profesor universitar, „aproape neconcediabil“. E drept, îmi spunea, e un statut. Încă există în Franța statute care permit exercitarea unei relative libertăți de gândire. De mirare, dar bine că se întâmplă.

Îmi lipsesc discuțiile cu el. Cine altcineva mi-ar mai povesti anecdote precum aceea uluitoare, despre un sat din regiunea Var în care locuitorii (mai ales pensionari) sunt recompensați de municipalitate ca să iasă din casă, să-și bea pastisul, să-și facă partida de *pétanque* exact la ora la care năvălesc autocarele cu turiști? Adică pentru a duce, în mare, exact modul lor obișnuit de viață?

Textele reunite la sfârșitul volumului, chiar și grație caracterului neobișnuit al referințelor folosite (Winnicott, Muray) stabilesc cu neobișnuită limpezime incapacitatea categoriilor sociologice anterioare de a gândi noi forme, „postmoderne“, ale industriei turistice. Ele anunță în mod evident o lucrare de mai mare amploare. Iar Rachid se gândea la ea, ba chiar prea mult, îmi spun, ar fi trebuit să se ocupe puțin de cancerul lui (te înfurii când te gândești că, dacă s-ar fi îngrijit din timp, ar fi reușit să se vindece foarte ușor). Citindu-i textele, nu ne putem face decât o idee foarte vagă a ceea ce-ar fi însemnat acea lucrare, dar ne putem da seama de amploarea sarcinii pe care și-o asumase. De la apariția *Imaginarului turistic și sociabilității călătoriei*, industria turistică a cunoscut mutații uluitoare și a contribuit mai mult decât oricare altă industrie la remodelarea chipului a numeroase țări – în special a Franței. Cine va putea, acum că el e mort, să ne vorbească la fel de bine despre aceste lucruri?

CONVORBIRE
CU FRÉDÉRIC BEIGBEDER

Această convorbire a apărut în numărul 7 (aprilie 2014) al revistei Lui.

Frédéric Beigbeder: Așadar, e oficial, o să publici un roman anul viitor?

Michel Houellebecq: Hmm... da, dar n-o să-ți spun titlul. Teresa ține la exclusivitate.[1]

FB: Har Domnului, deduc că rămâi la Flammarion! (Teresa Cremisi e directoarea editurii.)

MH: Aș vrea să începem prin a vorbi despre tine, Frédéric. Ai scris niște cărți, unele bune, altele nu. Dar ești cel mai bun critic literar deja de multă vreme. De aceea mi-e teamă de tine!

FB: Haha. Ai venit la cină la mine ca să mă înmoi?

MH: Hmmm... Sunt foarte serios: ești criticul de care mi-e cel mai teamă.

FB: (*Râsete.*) Nu, Michel, ai vrut să iei cina la mine pentru că nu mai poți fuma la restaurant.

---

1. Michel Houellebecq a publicat romanul la care face aluzie, *Soumission* (*Supunere*), în ianuarie 2015.

MH: Dominique Voynet a spus că cel mai mare pericol pentru copii e fumatul în interiorul apartamentului. Vei vedea că în curând nu vom mai avea dreptul să fumăm nici acasă! Când scriu, consumul de țigări crește considerabil. Acum sunt la patru pachete pe zi. Nu cred c-aș reuși să scriu fără nicotină. Uite de ce nu pot să mai las din ele în clipa asta.

FB: Putem vorbi despre problema ta dentară? Care te-a transformat un pic, fizic. Ultima oară când ai venit să cinezi aici, îți cer scuze că-ți dezvălui viața privată, dar în fine.... ți-ai uitat dinții pe masa asta și după aia te-ai dus la Festivalul de la Berlin și ai stat acolo fără dinți! Asta îți modifică fizionomia pe fotografii, nu-ți pasă?

MH: Mda... mă cam doare-n cot, ca să fiu sincer (Râsete.)

FB: Dar stai bine cu sănătatea?

MH: Păi... nu prea. Cred că, totuși, când voi fi terminat acest roman, o să fac un efort ca să reduc fumatul. Alcoolul nu e o problemă, doar cu șoferii de taxi care-mi spun, mi se întâmplă în jumătate din cazuri, „A, dumneavoastră, nu! O să vomitați în mașină!".

FB: Așadar, evoluția ta fizică nu e o încercare calculată să-ți faci un look *à la* Paul Léautaud?

MH: Nu, habar n-am cu ce seamănă. Sunt uneori comparat cu Gainsbourg, dar mă supără mai degrabă, prefer Michel Polnareff sau Joe Dassin.

FB: „Cizmele-i ajung / Până în înaltul coapselor / Ca un caliciu / E-atât de frumoasă."[1] Nu-ți place?

MH: Hm... Am scris chestii mai bune, totuși. Țin să precizez: sunt un om căruia îi plac mult cântecele. Am început să ascult hit-parade pe la unsprezece, doisprezece ani. Șocul estetic cel mai violent va rămâne însă descoperirea rockului.

FB: Zeul tău e tot Paul McCartney?

MH: Da, dar pot să mă emoționez foarte bine și la Schubert.

FB: Pot să depun mărturie că te-am văzut la Guéthary plângând în timp ce ascultai *Let It Be*. Dar plângi și când asculți un lied de Schubert.

MH: Desigur! La *Păstorul pe stâncă* a fost singura dată în viață când am izbucnit în hohote în plin concert. Era foarte neplăcut pentru cântăreață, pentru că plâng zgomotos. În sfârșit, poate era mulțumită că-mi provoca așa ceva, dar era stânjenitor. Sunetul clarinetului e una dintre cele mai frumoase bucăți compuse vreodată. Când vreau să-mi reprezint ce e un geniu, mă gândesc la Beethoven mai mult decât la Shakespeare. În ultimul timp, da, e McCartney și, îmbătrânind, Hendrix. Întâlnirea cu Iggy Pop este una dintre marile bucurii ale vieții mele. Primul meu disc cumpărat a fost *1969* al celor de la Stooges.

FB: Suprinzător este că Iggy Pop, Carla Bruni și Jean-Louis Aubert te-au adaptat în cântecele lor. Au stiluri atât de diferite!

---

1. Versuri cântate de Serge Gainsbourg, din *Initials BB*.

MH: Hmm... Creatorii foarte buni mă găsesc, firește!

FB: Te duci în curând la inaugurarea străzii Michel Houellebecq din orașul spaniol Murcia. Cum e să ai o stradă care să-ți poarte numele?

MH: Hmm... e simpatic. Cred că a impresionat-o pe fiica ta.

FB: A, da! A fost foarte epatată. Cred că ar trebui să locuiești acolo. Ți s-ar putea scrie așa: „Domnului Michel Houellebecq, pe strada cu același nume".

MH: Hmm... Practic, da... pare un pic nobil.

FB: Ți-a plăcut să-ți joci propriul rol în *Răpirea lui Michel Houellebecq* de Guillaume Nicloux?

MH: E simpatic pentru că răpitorii se satură de prizonierul lor. Un fel de sindrom Stockholm inversat. O dată în plus, mi-am confirmat reputația de bun la toate! Bine, cât despre discul lui Jean-Louis Aubert, trebuie să spun că n-am făcut absolut nimic. Am fost în proiect, dar n-am mișcat un deget.

FB: În același timp, poezia ta intră în prestigioasa colecție Poésie/Gallimard. Autoarea prefeței, Agathe Novak-Lechevalier, spune despre tine că dezvolți o artă a „compunerii". Iar tu ai rezumat astfel: „Să faci ceva religios integrând existența parcărilor subterane".

MH: Era un pariu! Problema mea a fost să aleg ordinea poemelor în această antologie: de fiecare dată când găseam un poem excelent, pac, schimbam. Era ca la montaj. *Neîmpăcat* e într-adevăr *best of*-ul meu.

FB: Mi se pare că ai scris un roman în Cuba și în Thailanda. O faci anume, să scrii în țări în care nu se vorbește franceza?

MH: Am nevoie să fiu singur în limba mea. Nu comunic în limba mea în timpul zilei. Franceza e rezervată scrisului, asta-ți permite să rămâi concentrat.

FB: Cum începi un roman? Alegi un subiect sau aștepți inspirația?

MH: Hmm... Ai anumite preocupări importante, vin primele pagini, mergi mai departe. Și pac!

FB: Mi-ai spus de multe ori că-ți plac romanele lungi pentru că te lasă să te instalezi, să te simți confortabil ca să poți dezvolta, să urmărești personajele...

MH: Poate că greșesc, dar, acum mai mult decât înainte, încerc să fiu perfect, așa că tot corectez. Ca urmare, următorul roman va fi mai scurt decât celelalte.

FB: A, e bine!

MH: Ce e bine adică?

FB: Hm, cred că sunt un pic leneș.

MH: Mă insulți! Spune numaidecât dacă romanele mele groase te enervează!

FB: (*Râsete.*): Premiul Goncourt ți-a schimbat viața?

MH: Nu, deloc. Următorul meu roman nu mai apare în septembrie, doar asta se schimbă.

FB: Eu o să public în septembrie.

MH: Păi tu mai poți câștiga premiul Goncourt.

FB: Imposibil, sunt în juriu la Renaudot.

MH: A, ce bou! De ce te bagi în chestii din astea? (*Râsete.*)

FB: Îmi oferă o scuză că n-o să-l iau niciodată! După câțiva ani de exil în Irlanda, acum un an te-ai întors în Franța și stai într-un bloc-turn care seamănă cu un zgârie-nori newyorkez cu vedere la ideogramele chinezești. Trăiești ca-n *Blade Runner* în arondismentul XIII din Paris!

MH: Sunt două aspecte. Pe de o parte, am vrut să revin în Franța fără să am impresia că mă aflu în Franța. Pe de altă parte, fiind aproape de autostradă, pot să părăsesc țara foarte repede.

FB: Nu ești fericit că te-ai întors în țara ta?

MH: Mă simt foarte rău în Franța. A mai fost strâns șurubul de câteva ori de când am plecat. E incredibil cum guvernul vrea să crească nefericirea oamenilor, la un nivel probabil fără precedent. Sunt trist pentru starea în care a ajuns țara. Vrei să-ți spun? Mi-e teamă de un război civil. Situația e foarte încordată acum. Poate exploda în orice moment.

FB: Cunoșteam „fractura socială"; dar tu ești considerat un romancier al „fracturii sexuale". Ce crezi despre legea care îi penalizează pe clienții prostituatelor?

MH: Mi se pare o porcărie pur și simplu. Cunosc prostituate, ca prieten și nu doar în calitate de client. Rămâne niște vinovăție, pentru că unele mi-au spus că își cumpără fel de fel de prostii, haine făcute de creatori de modă, cumva ca să ispășească, să-și cheltuiască mai repede banii. Altfel, își adoră meseria și a le împiedica pe fete să o practice e o mare porcărie, faptul că nimeni nu le ascultă e o infantilizare tragică. Cât despre a împărți amenzi clienților, uman vorbind, e scârbos. Nu suport un guvern care face așa ceva, nu-i posibil.

FB: Dar cum putem împiedica războiul civil pe care-l anunți?

MH: (*Cu ton de Charles de Gaulle.*) Sunt pe cale să termin proiectul unei noi Constituții democratice. I-am vorbit despre el lui Sarkozy, la care țin cu adevărat. E destul de neobișnuit să lansezi o campanie politică în revista *Lui*, dar nu dispun de suficiente tribune media serioase și, apoi, de ce să nu schimbăm vechile obiceiuri?

FB: Te ascultăm.

MH: Ei bine, mai întâi, aș vrea să generalizez democrația directă, desființând Parlamentul. După părerea mea, președintele Republicii trebuie ales pe viață, dar revocabil imediat prin referendum popular. A treia măsură importantă: funcția de judecător va deveni electivă (desigur, valabilă pentru cei cu diplomă în Drept, tu, de pildă, nu vei putea fi ales).

FB: Te informez că am o licență în Drept la Assas!

MH: (*Zâmbește la protestul meu.*) A patra măsură: bugetul de stat va fi hotărât de cetățeni, care vor trebui să completeze în fiecare an un formular cu căsuțe. Poporul va decide astfel care sunt cheltuielile pe care le consideră prioritare. Se va face o medie înainte de a aloca un buget fiecărui minister. Trebuie să avem mai multă democrație directă dacă vrem să ieșim din această criză a reprezentării politice în care ne aflăm. Dacă nu vom adopta măsurile mele, ne îndreptăm spre o catastrofă.

FB: Vrei să fii noul Michel Debré[1]?

MH: Rousseau a elaborat un proiect de Constituție pentru Polonia. Acesta este „proiectul meu pentru Franța".

FB: Amuzant la tine e că ești un romantic moralist aproape creștin, pe care toți îl iau drept nihilist decadent și ateu.

MH: Da, e bizar, dar mmm... e un mister. Dacă-ți aprinzi o țigară cât aștepți trenul, ești imediat calificat drept nihilist. Termenul „nihilist" are un sens istoric precis și limitat care datează din Rusia secolului al XIX-lea: el se referă la revoluționarii care și-au spus „nu știm ce vom pune în loc după, dar trebuie să distrugem tot, va fi oricum mai bine decât înainte". Eu însă nu sunt nihilist, sunt conservator, ca Benoît Duteurtre[2].

FB: Datorită lui ne cunoaștem, să știi. M-a adus la întâlnirile revistei *L'Atelier du roman*, la Lucernaire, trebuie să fi fost prin 1994. Erau acolo Philippe Muray, Lakis Proguidis, Milan Kundera și cu tine.

---

1. Părintele actualei Constituții franceze (1912-1996).
2. Romancier francez realist, născut în 1960.

MH: Da, scriitorii ăștia aveau în comun lupta împotriva „corectitudinii politice". Azi nu mai vrea nimeni să pronunțe sintagma, a devenit ridicolă, dar pe vremea aia avea sens, la fel cum are și azi, să lupți pentru libertatea de exprimare. „Corectitudinea politică" a tot progresat în ultimii douăzeci de ani. Te saturi s-o tot vorbești de rău, dar chestia asta nu se satură să existe. L-am cunoscut pe Philippe Muray: pe vremea când trăia, nu eram de acord cu el, dar astăzi îmi dau seama că de fapt avea dreptate cu toate. E oribil ce trebuie să suportăm.

FB: Tinerii care fac gestul *quenelle*[1] sunt o consecință a amplorii pe care a luat-o „corectitudinea politică".

MH: Desigur! Crezi că m-am distrat mergând la un proces când eu de fapt habar nu aveam despre islam? Trebuie să putem lucra fără să stăm îngrijorați din cauza cenzurii. Interzicerea este o mașină care nu se oprește niciodată. Există cineva care acum e foarte liber, Gaspard

1. În dicționar, termenul trimite la un fel de găluşcă umplută, dar referința este cu totul alta aici. Este vorba despre un gest, popularizat de actorul Dieudonné M'Bala M'Bala, angajat politic în campanii antisistem (susținător al vestelor galbene, de pildă), un gest în care o mână stă întinsă pe lângă corp, palma strânsă sugerând forma unui supozitor (care e și forma găluștii cu același nume), aluzie la un gest de sodomie care exprimă revolta față de sistem, în timp ce mâna cealaltă este dusă în dreptul umărului opus. Prima expunere publică a acestui gest datează din 2005, iar gestul a născut tot felul de interpretări – printre care și pe aceea de salut nazist invers și de expresie a antisemitismului.

Proust[1]. Chiar îmi place de el. Emisiunea lui de cinci minute este una dintre puținele la care mă uit mereu.

FB: Ți-l prezint când vrei! A! Atenție, a venit ora noii noastre rubrici, întrebarea lui Albert Camus.

MH: A! Ascult.

FB: Ni-l putem imagina pe Houellebecq fericit?

MH: Hmmm... păi.... pfff... Bucuros, da. Fericit, aș zice că nu. De-a lungul vieții, am avut doar fărâme de fericire. Momente de bucurie.

FB: Îmi amintesc prima frază din prima ta carte: „Lumea este o suferință desfășurată"[2].

MH: E clar că nu e fraza unui optimist. Fericirea, pff... Trebuie să ni-l închipuim pe Houellebecq nemaiscriind; sper că e o perspectivă greu de suportat.

FB: Ești mai degrabă pentru progresul tehnologic (de pildă, clonarea, în *Particulele elementare* și în *Posibilitatea unei insule*). Ce crezi despre utopiile transumaniste de pe Google?

MH: Mi-am pierdut de curând cei doi părinți și câinele, într-un interval de timp relativ scurt. Nu m-am împăcat cu aceste morți. Dacă putem trăi trei sute cincizeci de ani,

---

1. Actor, umorist și realizator franco-sloven născut în 1976. Și-a schimbat numele Pust în Proust. În perioada realizării acestui interviu participa la o emisiune a lui Thierry Ardisson, *Salut les Terriens*. De asemenea, a interpretat un rol în ecranizarea romanului lui Beigbeder *Dragostea durează trei ani*.
2. Este vorba despre prima frază din volumul *Rester vivant* (1991).

sunt pentru: mai avem încă atâtea cărți de citit. Recent, l-am descoperit pe Theodor Fontane, e genial. În schimb, nu văd la ce sunt buni ochelarii Google, camerele video care recunosc fețele oamenilor au ceva care mă sperie. Deunăzi, am văzut o reclamă care m-a înspăimântat, la metrou, pentru un site de întâlniri, care spunea: „Iubirea nu vine din întâmplare". Mi-ar fi plăcut să le zic: „Ba tocmai că da, lăsați-ne măcar întâmplarea".

FB: Nu reușesc să-mi dau seama din ce tabără faci parte. Ești pentru protejarea umanității sau pentru o omenire „augmentată"?

MH: Să zicem că n-am chef să fiu enervat de umaniști. Dacă putem îmbunătăți omenirea, de ce nu? Îmi amintesc de o conferință din perioada în care eram împroșcat cu noroi și făcut nazist pentru că aș fi apărat eugenia, genetica și toate astea. Un handicapat abia a reușit să rostească la microfon: „Sunt... mai... degrabă... pentru". A fost cumplit, i-a calmat pe toți. Sigur că nu-i amuzant să ai o boală genetică rară. Dar există totuși o limită. Nu trebuie nici să normalizezi foarte mult ființa omenească, pentru că dacă am fi chiar... nici tu, nici eu n-am mai fi vii! (Râsete.)

Această convorbire interesantă a făcut să fiu atacat în diferite articole; prin excepție, îmi amintesc de două dintre ele – desigur, din cauza inadecvării lor.

Primul mă califica drept „bobo-maurrassien"[1]. *Multe categorii au fost inventate pentru a mă descrie (deprimist,*

---

1. Altfel spus, un burghez ultraconservator și naționalist.

tulburist etc.), dar aceasta e cu siguranță una dintre cele mai ciudate. Ce raport o fi putut stabili autorul între Charles Maurras și democrația directă? Nu încetez să mă întreb și acum, după ani.

Al doilea, mai sobru, era de fapt și mai uluitor. Referendumul popular, sublinia autorul, era de fapt un handicap grav pentru economia elvețiană; șefii de întreprinderi se plângeau constant de ea, din cauza riscurilor de imprevizibilitate pe care le inducea. Economia elvețiană, din câte știu eu, nu merge chiar așa de rău, dar problema e alta. Problema e că n-am mai văzut niciodată o asemenea incapacitate de a înțelege lucrurile și altfel decât din punct de vedere economic; o incapacitate de a concepe că poate exista și o altă perspectivă.

Din păcate, am uitat numele autorilor acestor două articole, ba chiar și organul de presă în care au fost publicate. E păcat; într-un fel, meritau să rămână.

UN REMEDIU LA EPUIZAREA DE A FI

Acest text este prefața cărții lui Marc Lathuillière Musée national *(La Martinière, 2014).*

Se întâmplă uneori, rar, dar se mai întâmplă, ca sociologii contemporani să emită reflecții pertinente despre societatea contemporană. Dintre fenomenele absolut noi care s-au dezvoltat în secolul XX, cel căruia nu i se poate găsi nici un echivalent real în secolele anterioare, unul dintre cele mai ambigue și mai puțin studiate este fără îndoială *turismul.*

Am avut norocul să-l cunosc pe Rachid Amirou, sociolog al turismului dispărut prematur în urmă cu câțiva ani, și am putut beneficia astfel de unele dintre reflecțiile și observațiile lui, pe care n-a avut timp să le formalizeze într-o lucrare. Fusesem impresionat anume de o anecdotă, lucrurile se întâmplau într-un sat provensal din hinterland, unde pensionarii erau plătiți de municipalitate *pentru a duce exact viața lor obișnuită*, așa cum a fost ea popularizată în filmele lui Marcel Pagnol: partidă de *pétanque*, pastis băut pe terasa unei cafenele umbrite de platani; singura lor obligație era aceea de a-și adapta programul celui al autocarelor cu turiști străini și de a se lăsa fotografiați de ei.

Prima noastră reacţie, trebuie spus, este de stânjeneală; avem impresia că aceşti uncheşi provensali sunt trataţi ca femelele de girafă din nordul Thailandei sau ca populaţia navajos din New Mexico, obligată să-şi execute dansurile în ploaie pentru nişte troglodiţi care stau în autocare Greyhound, avem impresia unui soi de *afront la adresa demnităţii umane.*

Fotografiile lui Marc Lathuillière traduc într-un mod deosebit de violent această impresie, atât de violent încât eclerajul pare să creeze nelinişte în cazul tuturor (când, de fapt, acest ecleraj este foarte variabil). Chipul omenesc este atât de important, de central atunci când apare într-o fotografie, încât acoperirea lui cu o mască (chiar şi cu una care nu este înspăimântătoare sau grotescă, o mască simplă, realistă, fără altă funcţie decât aceea de a preveni expresia trăsăturilor) contaminează ansamblul celorlalte elemente ale fotografiei şi le pune la îndoială autenticitatea. Impresia de stânjeneală e şi mai vie, trebuie remarcat, atunci când profesia subiecţilor are legătură cu creşterea animalelor sau cu meseriile legate de alimentaţie (suntem oare chiar atât de înnebuniţi de *ceea ce avem în farfurie*?). Astfel, în ciuda penelor de pe burtă mânjite cu găinaţ, nefericitele „păsări de curte“ vor putea fi bănuite de a fi nişte gâşte de jucărie, cârnaţii „pe varză“, nişte cârnaţi de expoziţie, din plastic, iar „crustaceele“ de a ieşi dintr-un serial de televiziune, de pildă *Plus belle la vie.*

Dar disconfortul produs de fotografiile lui Marc Lathuillière mi se pare încă şi mai insidios şi remanent când subiectul lor nu e viaţa profesională, ci intimitatea. „Împărtăşania“ mă deranjează profund (şi mă întreb, de altfel, dacă preotul a făcut bine să accepte). Viața unei familii nu face nici ea parte dintre realitățile care se lasă transformate fără probleme într-un *joc de roluri*. În sfârșit, trebuie să faci diferența. „În salonul Lafayette" abia dacă deranjează, căci aristocrații, de la Ludovic al XIV-lea încoace, nu au altă funcție socială decât aceea de a-și juca rolul de aristocrați. Dar „Ora de culcare" e chiar dureroasă, această familie (pe care ne-o putem închipui din burghezia medie, catolică, de centru-stânga, cititoare de *Ouest-France* și implicată în acțiuni umanitare în Haiti) nu poate fi făcută să *joace rolul unei familii* fără dificultate.

Iată așadar, la o primă vedere, o operă pusă în slujba unui denunț fără înconjur: Franța a renunțat să evolueze, a hotărât să rămână pe loc, a încetat să ia parte la evoluția lumii, suntem cu toții nu doar turiști în propria țară, ci actori ai turismului, francezii au acceptat cu toții să joace rolul de francezi spre marea satisfacție a turismului internațional.

Poate, dar vorbim oare despre o catastrofă? O conversație cu Marc Lathuillière m-a învățat că majoritatea modelelor au acceptat cu ușurință, și chiar cu plăcere, să facă acest exercițiu, să-și joace propriul rol profesional (sau chiar familial) după ce își puseseră o mască – în timp ce majoritatea oamenilor urăsc să fie fotografiați, pentru ei e un calvar să pozeze. Și chiar și eu detest să fiu fotografiat, sunt cel mai prost dintre toate modelele posibile, nu înțeleg ce vrea fotograful și nu doresc să înțeleg, după cinci minute am deja senzația că ședința foto durează de ore. Dar, îmi dau acum seama, aş fi acceptat cu uşurinţă să-mi pun o mască şi să-mi joc propriul rol. Presupun că în proiectul lui Marc Lathuillière aş fi fost *marele scriitor* care stă în faţa unei cafenele şi fumează Gitanes, la Flore. Ei bine, aş fi făcut-o, ba chiar cu o anumită plăcere (deşi e puţin anacronic, nu se mai pot fuma Gitanes la Flore, nici măcar nu sunt sigur că mai există ţigări Gitanes de vânzare, ar fi trebuit să facem fotografia mai demult).

Diferenţa este că fotograful obişnuit îţi cere să fii, şi e epuizant să fii (factorul agravant e că fotograful se gândeşte să-ţi capteze fiinţa, de parcă acest lucru ar fi de conceput, cu un obiectiv); în schimb, Marc Lathuillière îţi cere să-ţi joci propriul rol; ceea ce uneori poate fi amuzant, alteori, epuizant, depinde. Evident, trebuie să fii atent înainte de a-ţi alege un rol (pentru că în curând începi să devii ceea ce joci); dar e o alegere pe care, într-un fel sau altul, trebuie s-o faci în viaţă; în vreme ce fotografia tinde mereu, cu indiscreţie, să te conducă la această dificilă obligaţie de a fi, să emită porunca insuportabilă a profunzimii. Şi toate acestea pentru a produce, în ultimă instanţă, în general, un clişeu de rahat.

Niciodată n-am înţeles cum şi l-ar putea cineva „imagina pe Sisif fericit"; Sisif mi se pare evident nefericit pentru că face lucruri zadarnice, repetitive şi *grele*; dar fiinţa care face lucruri zadarnice, repetitive *şi plăcute* îmi pare, la fel de evident, fericită. E de ajuns să-l compari pe Sisif care-şi împinge bolovanul cu un bichon care se joacă pe scări c-o minge ca să înţelegi ce vreau să spun. Fără îndoială, Camus avea în cap nişte idei confuze şi complet aiurea despre demnitatea umană.

Nu, când mă gândesc la fotografiile lui Marc Lathuillière nu sunt tentat să evoc înainte de orice „literatura absurdului"; ci, mai degrabă, acele stranii nuvele SF în care personajele, captive într-o falie temporală, sunt făcute să repete la infinit aceleaşi lucruri (nu pot să dau exemple clare; sunt atât de proaspete în memoria mea încât e posibil să le fi inventat chiar eu). Aceste nuvele au loc oricum pe vreme bună; sub un cer uniform şi de un albastru imuabil. Furtuna, norii înseamnă deja dramă; dar tragedia, la fel ca fericirea absolută, are nevoie de un azur invariabil.

CONVORBIRE CU MARIN DE VIRY ȘI VALÉRIE TORANIAN

Această convorbire a apărut în Revue des deux mondes *în iulie 2015.*

De-a lungul discuțiilor pe care le-am avut în vederea pregătirii acestui interviu, ați vrut să vorbiți despre abolirea cogito-*ului cartezian „cuget, deci exist" în* Supunere. *De ce?*

Am fost în general mulțumit de tratamentul mediatic de care a avut parte această carte în Franța. Din ceea ce s-a scris, aș reține două articole. Primul este cel al lui Nelly Kaprièlian, „Voi scuipa pe lumea voastră" (în *Les Inrockuptibles*), care rezumă bine ideea din *Supunere*. Ea atrage atenția că această carte nu este în primul rând despre islam, ci, ca de obicei, este un atac sălbatic împotriva Occidentului de astăzi. Al doilea este cel al lui Agathe Novak-Lechevalier, „*Supunere*, literatura ca rezistență", din *Libération*, care abordează tema *cogito*-ului cartezian. Ea emite interesanta idee conform căreia personajul (François) ajunge la un moment dat să gândească: „Nu exist. De ce aș cugeta?". „Eu exist" este cel care pune probleme în această formulare. Într-adevăr, contrapoziția lui „cuget, deci exist“ este „nu exist, deci nu cuget“[1].

Construcția *Supunerii*, deși de o mare simplitate, nu prea a fost înțeleasă. Treptat, îi iau totul personajului meu, îl jupoi: de partenera lui, Myriam, de părinți, de o slujbă care-i oferea, orice s-ar spune, câteva satisfacții și o anumită viață socială, de posibila lui convertire, cu ratarea ei la Rocamadour, iar în final i l-am luat și pe Huysmans (am observat, de fapt, că atunci când ai impresia că ai scris mult despre un autor, așa ca naratorul meu despre Huysmans, nu mai reușești să-l citești). Când îi iei totul cuiva, oare ce mai rămâne din el? Cu optimismul lui bizar, Descartes ar răspunde, desigur, că mai rămâne. Eu nu cred la fel: „a fi înseamnă să fii în relație. Nu cred în individul liber și singur. Așa că îmi reduc personajul, îl nimicesc. Deci de ce ar mai avea el libertate de gândire? De ce să nu adere pur și simplu la ceea ce i se propune?

Ar trebui să considerăm că anihilarea și singurătatea lui sunt singurele explicații pentru adeziunea la islam?

Toate rațiunile lui de a trăi sunt nimicite, rămân doar boala de piele și problemele practice. Rediger reușește să-l convingă de existența unui Dumnezeu, a unui Dumnezeu care-i poate îngreuna mâna prin intermediul unor probleme

---

1. Există aici un joc de cuvinte bazat pe forma comună de indicativ prezent, persoana I singular, a verbelor *suivre* („a urma“) și *être* („a fi“, „a exista“): *je suis* înseamnă atât „eu sunt“, „eu exist“, cât și „eu urmez“.

de sănătate și mai grave. Să reziști ar cere așadar un adevărat eroism. Ideea că nu existăm cu adevărat apare în multe dintre cărțile mele, dar *Supunere* este singura în care descriu acest acces progresiv către non-existență.

Ce vrea să însemne „a nu exista"? A nu avea nimic de opus celorlalți, a nu avea casă, loc, viață interioară sau viață în general, a nu avea nici o idee despre ce ar fi de făcut, de construit, a nu fi tranzitiv, a nu avea nici un efect asupra lumii?

„A nu avea nici un efect asupra lumii" este un rezumat destul de bun. Lumea nu poate face nimic pentru tine, tu nu poți face nimic pentru ea.

Naratorul este profesor la Sorbona: „inexistența" lui este legată de acest mediu?

Este un fenomen de amploare, dar cu atât mai frapant în cazul cuiva care aparține elitei. E și cazul lui Huysmans, de altfel. Trebuie reluate pasajele din *Là-Bas* în care el cinează la familia Carhaix, într-un turn al bisericii Saint-Sulpice – e ceea ce mi se pare cel mai profund la Huysmans. Ne dăm seama că exigențele nu erau atât de mari. Desigur, există la el o admirație pentru sfintele care sug avid rănile leprosului, genul ăsta de lucruri. Dar, în sinea lui, există un ideal mic-burghez căruia i-ar fi plăcut să ducă o viață casnică banală, câțiva prieteni – nu prea mulți – și să aibă ocazia să gătească niște mese bune. El, care a fost în vârful ierarhiei sociale – primul președinte al Academiei Goncourt, asta însemna ceva –, n-a reușit să aibă parte nici măcar de lucrurile acestea simple. E tulburător.

Idealul paharului de vin alb băut sub umbrar?

Mai degrabă al tocăniței de vită *pot-au-feu*... Există două frumoase descrieri ale tocăniței de vită *pot-au-feu* în literatura franceză, cea a lui Huysmans și cea a lui Proust. Nici o altă mâncare nu se poate lăuda cu un asemenea trecut literar; nici măcar alte tocănițe, precum *bourguignon* sau *blanquette*.

Această aspirație mic-burgheză spre fericire e ridicolă?

O găsesc mai degrabă înduioșătoare. Sunt de partea lui Huysmans împotriva lui Bloy, am spus-o și pot s-o repet. Pentru un catolicism echilibrat.

Care e romanul dumneavoastră care evocă cel mai bine abolirea masivă a cogito-*ului cartezian?*

Prima consecință a acestei aboliri este o depresie a voinței. Dacă nu mai sunt, vreau mai puțin. Sunt citate adesea *Rester vivant* sau *Approches du désarroi* care expun o anumită risipire a voinței la contemporanii noștri, un fel de risipire. O persoană nu mai e în stare să aibă o voință organizată, constantă, să urmărească un scop. Se lasă condusă de circumstanțe, și de aceea personajele mele reacționează prea puțin. Mi se reproșează faptul că naratorul nu încearcă să o rețină pe Myriam, ci are senzația că la urma urmei nu poate face nimic.

Naratorul din Supunere *a încetat să se gândească la opera lui Huysmans de ani de zile. O știe pe dinafară, dar nu se mai gândește la ea...*

Se gândește iar la ea când îi scrie prefața; nu e chiar așa clar. Literatura e totuși un mijloc de a scăpa de viață, chiar dacă nu e singurul. Personajul lui Michel din *Particulele elementare* se gândește mult la domeniul lui de activitate, dar nu și la viața lui. Nu se consideră un centru de voință care să urmărească obiective, să ia decizii, să-și conducă viața. Dacă ar trebui să clasificăm personajele din cărțile mele, ar exista, pe de o parte, cei care au un interes în viață în afara vieții lor, un interes intelectual, ca Michel sau ca Jed în *Harta și teritoriul*, ceea ce îi face să nu poată trăi prea mult fără ca viața să le pună prea multe probleme. Pe de altă parte, sunt cei care nu au nici un interes în viață în afara vieții înseși și care au un comportament mai dezordonat, cum e Bruno sau naratorul din *Platforma*. François s-ar afla între cele două serii, aș spune.

Este gravă și nouă această disociere între cogito *și „eu exist", care se întâmplă acum în fiecare dintre noi?*

Aici ar merge termenul de „anomie". E grav în măsura în care ne face pe toți nefericiți. E o chestiune de vârstă, nu de mediu social. Până la o anumită vârstă, dimensiunea asta flușturatică, varietatea, pot să distragă. Apoi intervine oboseala, diminuarea posibilităților de viață.

Dar e o lume care nu mai e dominată decât de divertisment, în sensul pascalian, de dorința de a fi în permanență în afara sinelui...

Țin să precizez că din acest punct de vedere sunt destul de diferit, faptul de a ieși mai puțin, deci de a sta mai mult în camera mea nu mă deranjează deloc.

Să fiți în lume vă întristează?

Da. Dar, cum sublinia Schopenhauer, trebuie să păstrăm un minimum de contacte sociale, tot așa cum trebuie să ne reobișnuim cu frigul când vine iarna. Așa e și cu igiena socială.

Dar ispita ar fi aceea de a tăia toate legăturile și de a rămâne în camera ta, numai cu literatura?

Da, e o adevărată ispită. Datorită ei, tocmai am citit Joseph de Maistre pentru prima oară în viață. Mi-au plăcut mult ideile lui împotriva protestantismului. Dar m-a frapat că e atât de legat de secolul al XVIII-lea în gusturi, în stil chiar. Trebuie să fi fost nefericit, pentru că, dacă ar fi adoptat revoluția romantică, ar fi fost mai actual în opinii. Romantismul era contrarevoluționar. De ce s-o fi agățat de stilul clasic? Trebuie să fi suferit din cauza asta. Se simte că, de pildă, față de Voltaire, nu reușește să dezvolte disprețul sincer pe care l-a avut Musset: „Dormi liniștit, Voltaire, și-al tău zâmbet hidos / Plutește încă peste ale tale oase descărnate?“[1]. Deși pentru Maistre secolul al XVIII-lea este apogeul tuturor relelor, nu reușește ca în sinea lui să se detașeze de acest secol. Și e păcat, pentru că în lipsa unui scop spiritual de dreapta, romanticii, care erau mai mult artiști decât gânditori, au sfârșit prin a evolua spre stânga.

1. Alfred de Musset, *Rolla* (1833).

Nenorocirea care rezultă din această anomie uriașă aduce și violență?

O acțiune violentă oarecare poate fi văzută într-adevăr ca un mijloc de a ieși dintr-o anomie care te face să disperi. Terorismul și militantismul sunt mijloace de socializare. Trebuie să fie foarte plăcut să trăiești anumite clipe alături de alții, clipe în care să simți puterea împotriva poliției, de pildă. Sentimentul de a fi împreună împotriva tuturor. Suntem cu atât mai mult împreună cu cât avem mai mulți dușmani. În felul acesta apar relații adevărate, o prietenie solidă, ba chiar iubire, în cazul soțiilor de jihadiști.

Atracția față de erou?

Poate, dar va fi considerat sexist dacă te aprob. „Femeia ajunge la Dumnezeu prin intermediul bărbatului"... Nu mai știu cine a spus asta.

Mai există operă în lumea anomiei?

Operele deja nu mai sunt interesante pentru multă lume.

Munca artizanului, munca muzicianului – faptul de a acționa asupra lumii prin ceea ce creezi.

Artizanatul a decăzut mult...

E recentă sau veche această lume a anomiei?

Mi se pare totuși recentă. La mijlocul secolului XX, Franța era încă preponderent agricolă și artizanală. După 1945 a avut loc o accelerare. O putem plasa la începutul celor Treizeci de ani glorioşi[1]. Autori ca Jean-Louis Curtis, pe care-l apreciez mult şi care a murit de curând, au observat această transformare. Înaintea celui de-Al Doilea Război Mondial, chiar dacă Marx observase anumite fenomene care începeau să se producă, Franţa era încă în mare parte o ţară rurală.

Şi această supunere, această frustrare, o puteţi data?

Entuziasmul faţă de lumea industrială a început să dispară odată cu prima criză, mai precis în 1973. Au trecut totuşi patruzeci de ani de atunci. E veche, dar nu chiar atât de veche. Cineva mai în vârstă, aşa ca mine, ar putea chiar să-şi amintească ce a fost înainte. Aproape. Nu-mi amintesc să fi trăit într-o lume fără criză. Dar dac-aş fi mai în vârstă, mi-aş aminti.

Dar anomia nu este legată de senzaţia de epuizare pe care o ai din cauza unei lumi aflate mereu în criză? La ce mai serveşte să reflectezi dacă o faci numai pentru a constata că obiectele la care reflectezi sunt pe cale de a se perima?

Nu ştiu dacă sunt conservator, dar nu cred că fiinţa umană – nu mai mult decât orice alt animal – e făcută să trăiască într-o lume aflată în continuă schimbare. Deci absenţa echilibrului, a unui proiect de echilibru este în sine

1. Conceptul lui Jean Fourastié (1907-1990), apărut într-o lucrare omonimă din 1979, face referire la era prosperităţii economice în Franţa, între 1947 şi 1975.

insuportabilă. Ideea de schimbare permanentă face viața imposibilă.

Pare să credeți că perechea femeie-bărbat nu mai poate supraviețui după eliberarea sexuală: prea multe schimbări și prea multă destabilizare de o parte și de cealaltă?

Să zicem că trebuie să constatăm că lucrurile merg prost. Dacă spun că relația începe prost pentru că îi poți ghici încă de la început obsolescența viitoare, și asta se întâmplă adeseori în relațiile bărbat-femeie, cărțile scoase vor fi interesante; același lucru e valabil și pentru relațiile de afaceri, dar de aici ies cărți mai plictisitoare.

Discursul managerial care face elogiul schimbării permanente și al lumii aflate în continuă mișcare este, după dumneavoastră, o ofensă la adresa condiției umane?

Da, și chestiile astea se bazează adeseori pe taoism, de fapt. E o ofensă nu la adresa condiției umane, ci a civilizației noastre, care vrea să construiască entități permanente, general valabile.

Din același motiv, budismul este foarte la modă în mediul de afaceri. În felul acesta poate fi relativizată perspectiva extincției; la urma urmei, e o idee bună ca toate să se oprească... Trebuie să știi cum să te schimbi, să cunoști trei-patru meserii, nu doar una...

Ei, da, sigur, e aici și o proastă înțelegere a budismului. Cred că taoismul se aplică mai bine realității din mediul de afaceri. Trebuie să fii fluid, nu să ai o identitate bine determinată, să te adaptezi, să fii polimorf, să-ți schimbi postul atunci când ți se cere...

Vă întoarceți din Asia. Grila dumneavoastră de lectură este valabilă și pentru acea parte de lume sau Asia nu e atât de orientată către viitor?

N-am stat multă vreme în Asia, dar cred că e la fel în toată lumea.

Dar naționalismul colectiv pe care-l vedem spre exemplu în China sau în Rusia reprezintă o stare de spirit diferită de anomia occidentală. Raportul dintre individ și colectivitate nu este de secesiune, de dezinteres, de intranzitivitate...

Sincer, nu știu prea multe despre asta. În Rusia, nu produc mare lucru. Sunt patrioți, își iubesc mult președintele. E un pic bizar. În general, încetezi să fii patriot când țara ta exagerează. În Franța, a fost nevoie de un război. În Germania, a fost nevoie de două războaie pentru a nu mai fi patriot. În Rusia, nu au avut decât unul. Au vărsat mult sânge. Poate că ar avea nevoie de un al doilea ca să înceteze cu patriotismul.

Vladimir Putin unește oamenii, e pe cale să refacă țesutul național, să-și asume toată treaba asta...

Cu baza politică pe care pare s-o aibă, da, dar va mai exista aceasta dacă vor fi prea mulți morți? Pentru moment nu e implicat în operațiuni ucigașe.

În Franța, libertatea e importantă. În orice caz, libertatea de exprimare, dacă ne uităm la mobilizarea din 11 ianuarie...

Manifestația a fost impresionantă și sinceră. Sunt mai degrabă pentru libertatea de exprimare.

Ce părere aveți despre sloganul „Je suis Charlie"?

Nu e cel mai reușit din istorie, dar corespunde unei realități: oamenii sunt atașați de o anumită formă de libertate. Vor să se asigure că găsesc la chioșc ziare satirice. E o libertate elementară, care nu a fost niciodată atacată atât de brutal și atât de deschis ca acum. Această reacție de amploare mi-a făcut totuși plăcere.

A fost o manifestare a dorinței de a păstra această libertate sau o manifestare a identității?

Deloc a identității. Doar că Wolinski și Cabu[1] erau foarte cunoscuți și toată lumea știa cine sunt și că fac lucruri provocatoare. Toată lumea văzuse desene făcute de ei undeva; cred că asta i-a mișcat.

Care este echilibrul dintre libertatea de exprimare și provocare? Jurnaliștii de la Charlie Hebdo *au fost acuzați că au mers prea departe: ar trebui limitată libertatea de exprimare?*

Există lucruri care merg prea departe. Sunt pentru o anumită cenzură în anumite domenii, dar aici, nu, nu s-a mers prea departe. Orice s-ar spune, fuseseră obișnuiți cu această libertate de ton, erau oameni care trăiseră în anii

---

1. Georges Wolinski și Jean Maurice Jules Cabut, cei doi desenatori uciși în atacul de la *Charlie Hebdo*, în 7 ianuarie 2015.

1960-1970, iar francezii sunt și ei obișnuiți cu asta. Așa că evenimentele i-au șocat, și pe mine la fel.

Ce-ar fi făcut personajul dumneavoastră din Supunere *în 11 ianuarie?*

Probabil nimic. Ar fi rămas acasă la televizor, manifestațiile se văd mai bine la televizor.

Spuneți că manifestațiile v-au mișcat. Dar v-ați spus oare: „ia te uită, ceva se poate întâmpla, ceva se poate schimba“ sau mobilizarea aceasta nu e decât un moment trecător și nimic altceva?

Ce-ați fi vrut să se întâmple? Nimic, obiectiv vorbind. Această manifestație i-a bucurat mai degrabă pe cei care au ordonat atacul. Se felicită pentru lovitura mediatică pe care au dat-o. Nu-i interesează pe ei ce crede majoritatea francezilor.

Și totuși ea a pus baza politică pentru creșterea bugetului armatei, al poliției, al jandarmeriei...

Da, așa este. E o consecință practică interesantă.

Ați resimțit această perioadă ca pe o intrare treptată într-o situație de război?

Adevăratul început a fost în 2001. Acum e ca o continuare, dar de data asta s-a petrecut ceva interesant. E un discurs care s-a tot rodat începând cu 2001, „fără amalgamare, fără stigmatizare, islamul e o religie a păcii, a toleranței și a iubirii, acești oameni nu sunt musulmani, sunt niște dezechilibrați ieșiți probabil din familii monoparentale cu mari greutăți economice“ etc. În ianuarie, discursul a continuat ca de obicei, dar pentru prima oară s-a căscat, s-a rânjit. Asta-i noutatea. A fost un soi de încercare de eliberare în rândul anumitor intelectuali care au fost imediat chemați la ordine, dar fără succes. Ca Michel Onfray, de exemplu, care l-a făcut cretin pe Manuel Valls. „Cretin“ era cuvântul potrivit, și eu chiar apreciez când cineva găsește cuvântul potrivit. În general, dorința de libertate este prezentă în cazul anumitor intelectuali.

Și de a spune lucrurilor pe nume?

Da, să nu nege evidența.

Există aici un declic, o scânteie, o schimbare de direcție? V-ați așteptat la așa ceva?

Interesant, m-a surprins plăcut. Dominația totală a stângii asupra intelectualilor durează din 1945. Au trecut totuși șaptezeci de ani. Când credeai c-o să dureze la infinit, uite că a crăpat dintr-odată.

În opinia dumneavoastră, 11 ianuarie a creat un bloc, un front care să încerce conservarea esenței fondului politic francez?

Va exista un bloc, da. Dar asta nu înseamnă c-o să și reușească.

Când citești în Supunere *despre matrapazlâcurile care au loc înainte de alegerile prezidențiale, ai impresia unei clase politice iresponsabile. François Bayrou...*

François Bayrou e convins că are un destin național și e gata să facă orice pentru a-l avea, chiar dacă trage în jos după el întreaga dreaptă; e un adevărat iresponsabil.

Cam ca Lamartine...

Da... Dar Lamartine a avut măcar scuza de a fi scris fraze frumoase. În definitiv, la el era vorba mai puțin de ambiția personală, cât de gustul pentru fraze frumoase în situații teatrale. Era actor înainte de toate, unul deloc crud.

Dar de vreme ce dușmanii lui au declarat război civilizației occidentale, ar putea exista și la noi o tresărire? În Occident, poate chiar în Franța? Sau sunteți pesimist în această privință?

Nu e simplu ca această tresărire să fie și eficientă. Nu e ușor să te lupți cu o sectă religioasă. Polițiștii, la ora actuală, dejoacă o mulțime de atentate, dar un răspuns pur polițienesc nu-i garantat că va prevala împotriva unei secte religioase. În general, mai degrabă religia câștigă în fața altei religii.

E același lucru să ataci o sectă religioasă sau o religie?

E aproape același lucru.

Răspunsul polițienesc e derizoriu sau insuficient?

Nu, nu e derizoriu, dar nu cred că e suficient. Când nu ți-e teamă de moarte, te doare-n cot de poliție. Chiar de-ar fi ca toată Franța să se mobilizeze și să aloci mulți bani poliției...

Credeți că problema e mai degrabă catolică decât musulmană, la urma urmei? Nu există nici o religie suficient de puternică în competiție cu islamul pentru a stabili un raport de forțe...

Există și o problemă musulmană. Există subiecte asupra cărora Mahomed nu s-a pronunțat, comportamentul într-o țară laică, de pildă; nu putea să prevadă apariția țărilor laice... În schimb, s-a pronunțat din belșug și destul de clar asupra comportamentului pe care trebuie să-l aibă musulmanii cu creștinii și cu evreii. Statul Islamic e în mod clar o erezie. E de mirare că erezia nu e combătută, că nu există o *fatwa* împotriva Statului Islamic...

Interpretarea wahhabită și salafită domină astăzi lumea musulmană...

Dar Statul Islamic este eretic chiar și pentru salafiți. Pe de altă parte, e adevărat, nu islamul nu are rival: catolicismul e puțin pe dinafară.

Vă pare rău?

Da, pentru că mulțimea e destul de promițătoare. Există manifestații uimitoare, dar ierarhia este inactivă.

Ați fost surprins de Manif pour tous[1]*?*

Mult. Nici nu știam că există toți acești tineri catolici pe care i-am văzut la televizor, „veghetorii", de pildă. E foarte surprinzător.

Și cum îi găsiți?

Sunt simpatici. Dar, vedeți dumneavoastră, sunt prea bătrân să mă mai convertesc acum. Mă descurc cu un soi de nostalgie.

Se vede că nu sunteți departe...

---

1. Organizație politică franceză care se opune adopției de către cuplurile homosexuale.

Nu, nu va merge niciodată. Dumnezeu nu mă vrea, să știți. M-a respins.

Asta e mândrie!

Nu e deloc mândrie.

Nu vă atrage convertirea lui Huysmans?

Alegerea lui Huysmas ca ghid al naratorului din *Supunere* a fost o alegere crucială. Dar eu nu mă aflu în aceeași situație ca personajul meu. Huysmans nu e tocmai o iubire din tinerețe. Îmi place mult, dar l-am descoperit târziu, prea târziu ca să-mi lipsească la fel de mult pe cât mi-ar fi lipsit dacă l-aș fi citit la șaisprezece ani. În cărțile mele, judecata asupra operelor despre care vorbesc este mereu a mea. Profit de romanele mele ca să fac pe nesimțite puțină critică literară. *În răspăr* e un fel de monolit, dar îmi plac enorm *En ménage* și *À vau-l'eau*. Îmi plac începuturile lui naturaliste, de asemenea, și *Là-Bas* e foarte reușit, dar la un moment dat te plictisești un pic de-a lungul celor trei cărți ale convertirii, care i-au urmat, are un gust al enumerării care sfârșește prin a fi apăsător. Există totuși *Les Foules de Lourdes*, o frumoasă carte catolică.

Misticii catolici vă plac? Sfânta Teresa de Ávila, de pildă?

Nu prea am citit din astea.

Personajul dumneavoastră lasă impresia că e incapabil de iubire. Mai ales pentru că a fost incapabil să o păstreze pe Myriam care pleacă în Israel după ce încercase să-i trimită mesaje la care el nu răspunde pentru că e descumpănit...

Greșeala e împărțită. E cumplit, se presupune că trăim într-o societate feministă, dar bărbatul este cel care greșește că nu o păstrează, când, de fapt, femeia e cea care a plecat. Până la urmă, n-avea decât să rămână. O bună parte din carte, continuă să facă sex. Dar nu mai simte nici o plăcere. Ceva s-a stricat în el. Iubirea pentru Myriam este cea care-l face să nu mai simtă nimic după ea.

Oare nu au femeile din cărțile dumneavoastră un centru de voință care le lipsește bărbaților?

Ba da, îl au în mai mare măsură decât bărbații.

Acest lucru vine din experiența dumneavoastră sau din ceva ce trece dincolo de epoca noastră și de evoluția condiției femeii?

E ceva recent și uimitor: femeile hotărăsc totul. Ele decid începutul unei relații, sfârșitul ei, dacă să aibă sau nu copii. Bărbatul e bizar de inert. Ne confruntăm cu un fel de dispariție a punctului de vedere masculin, care e totuși tulburătoare. Punctul de vedere masculin, având atât de puțin ocazia să se exprime, a devenit necunoscut. E ca un soi de secret. E drept că această carte are parțial la bază o întrebare: oare ce gândește despre toate astea bărbatul, în sinea lui? O ipoteză ar fi aceea că nu s-a schimbat, deloc. Reformarea bărbatului a fost un eșec total, dar e un eșec disimulat, pentru că bărbații au înțeles că e în interesul lor să tacă.

Şi dacă s-ar fi convertit, dacă ar fi reuşit convertirea când se afla în faţa Fecioarei, la Rocamadour, ar fi devenit oare bărbat? Şi-ar fi recăpătat voinţa, ar fi putut reechilibra raportul cu femeile?

Cred că n-am scris acest pasaj pentru că m-a luat groaza la gândul de a descrie un creştin. E greu.

Dar femeile nu le reproşează bărbaţilor tocmai această inconsistenţă?

Ba da, în plus, femeile ajung să regrete rezultatul mişcărilor declanşate de feministe. Dar am spus deja destule lucruri rele despre feministe, nu mai reiau.

Nu se vorbeşte niciodată despre plăcerea bărbatului, se vorbeşte mereu despre plăcerea femeii...

E un subiect misterios, mai misterios decât plăcerea femeii, până la urmă.

Are plăcerea legătură cu povestea pe care ne-o spunem atunci când ne culcăm cu o femeie?

Dacă aş şti, v-aş răspunde, serios.

La eroul dumneavoastră, absenţa plăcerii intervine după plecarea lui Myriam. Există o legătură între cele două?

Din când în când trebuie să acceptăm că anumite lucruri rămân misterioase. El trăieşte asta ca pe un mister. Tot ca pe un mister trăieşte şi scurta întoarcere a plăcerii. Se pare că totul e legat, într-un fel sau altul, de sentimente. Dar dorinţa, deloc: dorinţa e mult mai simplă, cel puţin la un bărbat. Plăcerea e mai stranie. Ar trebui poate să încercăm s-o înțelegem în raport cu niște lucruri mai ușor de observat: oferirea de cadouri, lucruri de genul acesta. Mulțumirea pe care o oferi celui care primește cadoul e o plăcere. Cam de felul acesta ar fi plăcerea, mai mult decât o construcție imaginară, o poveste.

Și în iubire ne supunem?

Da, și în iubire, nu prea poți face mare lucru.

Cuvintele lui Saint-Just „Fericirea e o idee nouă în Europa" nu fac parte din coordonatele dumneavoastră culturale; n-ați văzut niciodată Occidentul ca pe o lume care vrea să creeze fericire individuală și colectivă...

Ce-i drept, eu nu sunt revoluționar. Chiar și termenul de „fericire colectivă" trezește în mine un fel de teroare. Ideea că societatea vrea să aibă grijă de fericirea mea nu-mi inspiră simpatie. Așa că nu am fost niciodată revoluționar, nu am fost niciodată periculos.

Civilizația este cea care protejează anonimatul?

Este cea care ne apără unii de alții.

E vorba de anticomunitarism?

Eu, care locuiesc în cartierul chinezesc al Parisului, sunt mirat că imigranții cel mai puțin integrați sunt, de fapt, cei mai apreciați. E opusul a ceea ce se spune de obicei, dar acesta e adevărul. Lucrurile s-au mai schimbat, dar în blocul meu nu toți chinezii de peste cincizeci de ani vorbesc franceza. Și-au construit o comunitate deloc integrată, câteva persoane reprezintă interfața cu restul lumii, iar ceilalți au rămas între ei. Chiar și așa, toată lumea îi adoră pe imigranții asiatici.

Nu cumva din cauză că n-au intrat în conflict cu modelul nostru?

Nu i-a interesat modelul nostru, doar că n-au fost violenți. De fapt, toată povestea asta se rezumă la delincvență. Nu e deloc așa cum se spune, că mai demult imigranții catolici erau ușor de integrat - italieni, polonezi etc. -, iar apoi au venit imigranții musulmani imposibil de integrat pentru că sunt musulmani. E absolut fals. Adevărul este că delincvența contează, delincvența și numai delincvența.

Asta înseamnă că problema e exclusiv socială?

Probabil e adevărat că există o delincvență peste medie în cazul acestor imigranți și din acest motiv nu ne place de ei. Și din cauza șomajului.

Deci n-are nici o legătură cu faptul că unii dintre ei vin din vechile colonii franceze?

Nu. Vietnamul a fost și el colonie franceză. Comunitarismul nu e neapărat o problemă, dar nu el este soluția. Se spun atâtea baliverne despre diferențele între metoda engleză, cea franceză și cea germană, iar la final ne dăm seama că rezultatul e același. Toată lumea a eșuat, orice cale ar fi ales.

În acest moment vă ocupați de promovarea cărții dumneavoastră în străinătate. Întrebările ziariștilor și modurile în care percep cartea sunt aceleași peste tot?

Să zicem că în străinătate nu e atât de multă tensiune. Dar lumea este interesată cam de aceleași lucruri: este o carte europeană. Nu există prea multe diferențe; dacă mă gândesc bine, mai degrabă mă uimesc asemănările.

Și-ar putea imagina aceste scenarii și în țările lor?

Cu toții își pot imagina scenariul ultim al dominației musulmanilor. Apoi, detaliile pot varia mult, pentru că există țări care nu au formațiuni politice de genul Frontului Național, de pildă, Germania. Le-ar fi prea teamă. În Spania, Franco a lăsat amintiri neplăcute. În Anglia, asta n-ar fi o problemă, iar în Italia au cam uitat fascismul, pe care acum îl consideră un moment pitoresc. Poate că italienilor le lipsește și talentul pentru vinovăție, pe când germanii sunt supradotați în această privință.

Dar și francezii sunt foarte buni la vinovăție...

Nu, au fost destul de bine dotați pentru a putea uita. Acum se prefac. Sunt de acord cu Pascal Bruckner: nu e pe bune.

Hohotul omului alb[1] *nu e pe bune?*

Nu, dar a devenit o postură a stângii, a *doxei*. De fapt, nimeni nu se simte vinovat de nimic, și pe bună dreptate. În problema sclaviei, lucrurile ating un nivel nebănuit de ridicol. Eu nu am nici un strămoș din secolul al XVIII-lea care să fi fost sclavagist...

---

1. Pascal Bruckner, *Le Sanglot de l'homme blanc. Tiers-monde, culpabilité, haine de soi*, Seuil, Paris, 2002.

Dar dacă ați fi avut vreunul, v-ați fi simțit obligați să-i purtați greșelile...

Chiar și în cele mai rele pasaje din Biblie, blestemul e limitat la șapte generații.

Așadar, europenii pe care îi întâlniți se pot proiecta cu ușurință în această lume dominată de islam?

E adevărat că opinia despre islam este la fel de proastă în toate țările europene. E poate singurul lucru pe care-l împărtășim.

Nu e cumva neobișnuit să trăiești cu ofițeri de securitate lângă tine? Nu e ceva deranjant în acest tip de „viață în turnul de fildeș"?

Problema cu viața în turnul de fildeș e că trebuie s-o trăiești când ești tânăr, altfel e foarte jenant. N-o să mă duc să deranjez polițiștii de elită, de pildă, ca să ies eu la restaurant. De aceea, ies mai rar.

Camera vă plăcea deja destul de mult.

Da, încep să-i văd adevăratul merit.

Cartea dumneavoastră traversează granițele pentru că Europa nu este religioasă? Dacă ar exista o Biserică Catolică foarte puternică, credeți că ar avea același succes?

Nu, într-adevăr. Nici măcar nu ne putem reprezenta clar ce ar putea fi o Biserică Catolică puternică, pentru că imaginea e foarte îndepărtată. N-am văzut niciodată așa ceva în stare de funcționare.

În America de Sud?

Nu, în America de Sud evangheliștii sunt pe cale să câștige. Nu cunosc nici o țară catolică în realitate. N-am fost niciodată într-o țară cu adevărat catolică.

Considerați că e de preferat monarhia? Cea engleză, de pildă?

Nu, asta e puțin ridicol. Anglia e o țară și mai tristă decât Franța. Cu kitsch-ul acesta ușor grotesc al monarhiei.

Francezii simpatizează monarhia engleză. Și pe Stéphane Bern[1]*!*

Și mie îmi place Stéphane Bern. E drăguț. Într-o monarhie, papii îi supraveghează pe regi, regii supraveghează aristocrația, aristocrația supraveghează burghezia, burghezia supraveghează poporul și prelații, care se împart în prelați aristocrați și prelați ai poporului; fiecare își face treaba; asta da, e o sferă armonioasă.

Balzac spunea că monarhia este poezia ordinii...

Da, da. Să zicem că un anumit pesimism, care a fost adeseori observat la mine, și care există, mă face să cred că sunt puține șanse ca această structură să renască. Dar cred că e o structură în care aș fi putut să trăiesc.

Bun, iată-vă monarhist și catolic! N-aveți și nostalgia paternalismului comunist? A unei comunități care caută o formă de armonie în organizarea colectivă?

---

1. Actor, animator de radio și televiziune, pasionat de istoria monarhiilor europene.

Da, am cunoscut puțin și așa ceva, era drăguț.

Casele de cultură? Dacă dăm la o parte dimensiunea ideologică, dacă păstrăm numai aspectul cultural?

Partea ideologică era cam facultativă. Comunismul e mai puțin globalizant decât creștinătatea, dar nu era rău. Nu era anomic, era destul de vesel. Dacă ar fi să am vreo nostalgie, asta aș regreta.

Nu sunteți nostalgic?

Nu, dar sunt gata să cred că în creștinătate era mai bine, într-un fel, deși n-am cunoscut-o funcționând. În schimb, sunt gata să recunosc că mișcarea permanentă nu e un lucru bun. Îmi rănește instinctele.

Totuși, chiar și monarhia a fost o mișcare permanentă...

Nu, era agitație numai în problemele de detaliu. A fost nevoie ca marii feudali să fie limitați, ca țara să fie centralizată - acesta este rezumatul istoriei politice a Franței vreme de câteva secole. Viața cotidiană a oamenilor era de o armonie remarcabilă. Era o epocă în care nu exista încă recrutarea obligatorie, nu existau războaiele totale pe care le-am văzut după aceea. Nu trebuia decât să susții niște mercenari din când în când... De altfel, în anul 1870 are loc primul război „debil", în afara tradiției monarhice a conflictului limitat, un război bine descris de Huysmans, din perspectiva populației. Nimeni nu înțelege ce se întâmplă, de fapt, de ce, dintr-odată, războiul devine o afacere națională. Sub monarhie, în timpul războaielor, aveau loc violuri și alte atrocități, desigur, dar totul avea o limită.

Vă mai interesează cauza animalelor?

Mult. Sunt în juriul premiului *30 Millions d'amis*[1], așa că în fiecare an citesc o mulțime de lucrări pe acest subiect...

V-ați întâlnit cu Brigitte Bardot?

Nu, nu, ea nu e prea bine văzută de *30 Millions d'amis.*

Animalul este fratele și egalul nostru?

Egalul nostru, nu, nimeni n-a spus așa ceva. Dar animalul trebuie tratat cu respect, fără cruzime.

Sunteți împotriva abatoarelor?

Așa cum stau lucrurile acum, e îngrozitor. E inacceptabil. Condițiile de creștere și de ucidere sunt nedemne din punct de vedere moral. Cât despre sacrificarea halal sau cușer, aceasta nu face decât să adauge o mică notă de barbarie exotică.

Aveți sentimentul că lupta pentru cauza animală ia amploare?

Cu siguranță. Calitatea cărților propuse sagacității mele de jurat crește de la an la an. Autori foarte buni sunt interesați de această chestiune. Ultima oară, chiar a fost

---

1. Una dintre marile organizații franceze care luptă împotriva abandonării animalelor.

greu de ales, au fost cărți cu adevărat bune în competiție. Cred că e un semn.

Ați putea scrie un roman profetic despre animale? E un subiect tot mai important, ca un fel de umanism pentru secolul XXI...

Da, aveți dreptate, asta mă frapează și pe mine. Știți, dacă mă uit la cărțile mele, pot spune că mai întâi observ, apoi fac proiecții, dar nu profeții... Proiecția în science-fiction e destul de greu de explicat. Să luăm un caz tipic: când Orwell, aflat în Anglia, scrie *1984* în 1948, el nu vorbește deloc despre ceea ce urmează să se întâmple. Vrea să exprime o teamă aflată în inconștientul britanicilor din epoca lui, și anume: „O să devenim cu toții socializați și controlați"; de altfel, această teamă face parte din cultura britanică în general. Nu e o predicție, este o formă de exprimare a fricii din epoca lui. Cam același sistem funcționează pentru toate cărțile science-fiction cunoscute. Science-fictionul nu este predictiv, ci exprimă temerile epocii.

E o angoasă aflată dincolo de luciditate?

Nu, nu neapărat. Se poate întâmpla și asta, dar nu acesta este motivul pentru care se scrie, nu predicția declanșează scrisul. Scriitorul - eu, Orwell sau altul - simte o angoasă la contemporanii lui și o exprimă într-o carte. Acesta este motorul.

Iar în Supunere, *această angoasă pe care ați perceput-o în societatea franceză se referă la faptul că am putea fi dominați de o cultură în mod esențial străină celei care ne-a întemeiat...*

De islam, mai exact, s-o spunem limpede.

Dar e o angoasă care nu are soluție...

Da, nu are. E o angoasă în stare pură.

CONVORBIRE CU AGATHE NOVAK-LECHEVALIER[1]

1. Specialistă de frunte în opera lui Michel Houellebecq, Agathe Novak-Lechevalier (n. 1976) predă literatură franceză la Université Paris X Nanterre, iar în 2017 a coordonat volumul dedicat lui Michel Houellebecq din celebra serie de la *Cahiers de l'Herne*.

Această convorbire a avut loc la Malaga, în aprilie 2017, în cadrul La Noche de los Libros *(online, nepublicată).*

Se vorbește neîncetat despre „întoarcerea religiosului". Ce credeți despre această expresie, sunteți pregătit s-o folosiți și dumneavoastră?

Da; aș spune chiar *în mod evident*. Îmi amintesc că atunci când am părăsit Franța, la sfârșitul anilor 1990, cel mai popular animator de radio în rândul tinerilor din Franța, Maurice, făcea adeseori emisiuni despre problema periferiilor urbane, de unde vine și el. Toate acestea se găsesc pe internet, iar dacă îi asculți emisiunile, îți dai seama că putea să vorbească o oră întreagă despre periferii fără ca termenul *islam* să apară o singură dată. M-am întors în țară în 2010, iar lumea vorbea numai despre *islam*: a fost ceva chiar spectaculos. Mai recent, am putut avea sentimentul că există o renaștere a catolicismului, un lucru absolut stupefiant, catolicismul fiind considerat ca și mort. Acest fenomen de reîntoarcere a religiosului a fost inițial complet imprevizibil. Dacă cineva spune că l-a prevăzut, minte: nimeni nu l-a prevăzut. Fenomenul este de o mare brutalitate, pe alocuri s-a produs în doar câțiva ani, și nu cred că-l mai putem nega. De pildă, am citit cea mai recentă carte a lui Michel Onfray, *Décadence*. E cumva stranie, dacă stai să te gândești la primele cărți ale lui Michel Onfray; sigur, se știa că e ateu, era atât de clar încât nici nu mai era nevoie s-o spună: acțiunea religiei catolice era deja încheiată, religia era pe cale să moară încet-încet. Dar acum – și putem saluta acest lucru, mai ales că puțini intelectuali fac asta – a acceptat evidența, și-a schimbat părerea, a observat că religiile au redevenit o forță istorică majoră.

Ați luat adeseori la țintă religiile în cărțile dumneavoastră, cu o jubilație care uneori aduce aminte de tonul din Charlie Hebdo. *Un scriitor care atacă religiile simte o plăcere aparte?*

A devenit o plăcere destul de periculoasă – ceea ce, într-un fel, crește plăcerea, iar în alt fel o diminuează. Dar așa e, religiile, cu frazeologiile lor de neînțeles, spre exemplu, sunt destul de ușor de ridiculizat. În fine, e foarte amuzant să-ți bați joc și de comunism... dar ceva mai puțin. Ridicolul e mai ușor de găsit în cazul religiilor: ai senzația că atingi ceva sacru, deci e cu atât mai incitant. Se pare că religia are încă o anumită putere de acțiune: îmi amintesc de Chesterton, care într-una din cărțile lui provoca pe oricine să producă o blasfemie la adresa zeului Thor. Ideea e că dacă ataci o religie îți asumi un risc, e ceva serios, poate fi și grav: deci, da, există o excitație suplimentară atunci când iei religia în derâdere.

În Intervenții, *îl criticați pe cel care, „incapabil să discearnă religiile“, „va fi încă și mai puțin capabil să le judece“, pentru că, spuneți dumneavoastră, „examinarea religiilor pe plan intelectual și judecarea lor pe plan moral sunt sarcini care se impun oricărei ființe umane". Trebuie deci să judecăm valoarea religiilor dintr-un punct de vedere moral?*

Da, e adevărat. Nu există multe pasaje autobiografice în *Particulele elementare*, dar există unul complet autobiografic: când aveam șaisprezece ani, în timpul unei discuții în clasă, un tip a ridicat mâna pentru a spune că, după el, ceea ce-ți permite să judeci valoarea unei religii este calitatea moralei pe care o poți întemeia pornind de la ea. M-a zguduit, nu mi-am revenit niciodată după auzul acestei fraze, mi se părea foarte adevărată și nu mă gândisem niciodată la asta. Așa că, de fapt, nu mi-am schimbat părerea: există un absolut moral independent de religii și superior acestora.

În ce moment al vieții ați început să vă preocupați de religii? În ce împrejurări și sub ce influență?

Am fost crescut de oameni care renunțaseră la creștinism, dar care făcuseră asta de atât de multă vreme încât nu mai erau nici măcar anticlericali – religia nu mai era o amenințare pentru ei, devenise un fel de vestigiu cam bizar. Acestea fiind spuse, mi-e greu și mie să-mi explic de ce m-am dus la catehism când eram copil. Poate din cauză că eram la țară și asta era singura activitate pentru copii. Era o altă epocă: nu exista nici măcar televizor, noi nu aveam și de fapt nimeni din sat nu avea. M-am dus așadar la catehism și mi-aduc aminte că pe atunci mă interesau întrebările metafizice de genul: Există cineva care a creat universul? Timpul a avut un început? Va avea un sfârşit? Mi se părea că la catehism se vorbeşte prea mult despre nenorocirile din lumea a treia, era cam umanitarist, aşa, nu-mi răspundea deloc la întrebări. Apoi, la liceu, m-am dus la ora de educaţie religioasă, deşi era facultativă, nu avea nici o miză şcolară. Între timp, descoperisem răul şi mă interesa foarte mult problema răului: de unde venea el, dacă Satan chiar avea putere, de ce îngăduise Dumnezeu răul... Dar nici aici nu mi se răspundea de fapt la întrebări: era mai mult o chestie de cercetaşi. Iar apoi – şi am spus asta în cărţile mele –, l-am descoperit pe Pascal, oarecum întâmplător, la cincisprezece ani. Şi a fost un adevărat şoc, un şoc definitiv, pentru că nu mai văzusem niciodată puterea morţii şi a vidului exprimată astfel, iar violenţa lui Pascal în chestiunile acestea rămâne pentru mine fără egal în literatură. Iată, au existat trei etape. Deci, da, interesul pentru religie e totuşi vechi, de când aveam opt sau nouă ani.

Şi acum? De mai multe ori, cu ocazia diferitelor interviuri, v-aţi declarat ateu, iar apoi, după apariţia Supunerii, *v-aţi definit ca agnostic... Cum aţi defini astăzi relaţia dumneavoastră personală cu religia?*

Şi-a pierdut din intensitate, am senzaţia că nu mai e nici o speranţă: nu voi crede niciodată, voi pune mereu lucrurile la îndoială... aşa că am lăsat-o baltă.

Aţi vorbit de mai multe ori despre încercările de convertire. Cum v-aţi imaginat-o?

Convertirea funcționează ca o revelație. De fapt, de fiecare dată când mă duc la slujbă, cred; sincer și total, am o revelație de fiecare dată. Dar, de îndată ce plec, recad. Seamănă cu drogurile: există mereu o cădere. Am ajuns să-mi spun că așa sunt eu și că nu pot face nimic în privința asta. Din când în când mai am fiori de credință, dar știu că asta nu durează.

Într-un interviu din 1996, afirmați că „orice fericire este religioasă în esență", iar în Inamici publici, *asemănați ateismul cu „o iarnă definitivă". Ați spune același lucru și astăzi?*

Da, cred și acum că orice fericire este religioasă în esență. Religia oferă sentimentul de a fi conectat la lume, de a nu fi străin într-o lume indiferentă – Pascal a spus-o mai bine decât mine. Te sperie o lume cu care simți că nu ai nimic în comun, iar religia dă sens lumii și locului pe care-l ocupi în lume.

Vi s-a întâmplat vreodată să vă considerați un scriitor catolic (anumiți critici au făcut asta deja)?

Nu doar catolic, ci și evreu!... (*Râde.*) Dar așa și e! În Israel, în timpul unei întâlniri cu cititorii, cineva s-a ridicat să spună că după ce mi-a citit cărțile a decis să-și schimbe viața, iar acum e rabin. Sub influența cărților mele... Deci merge și cu evreii! De fapt, sunt un scriitor nihilist (în sensul lui Nietzsche), fără îndoială: sunt scriitorul unei epoci nihiliste și al suferinței izvorâte din nihilism. Ne putem gândi așadar că oamenii care mă citesc dau înapoi terifiați și se aruncă într-o credință oarecare... ca să scape de acest nihilism atât de strălucitor descris, dacă-mi pot permite. Și atunci, da, sunt catolic în sensul în care exprim oroarea unei lumi fără Dumnezeu... dar numai în acest sens.

În legătură cu Supunere *ați spus că la început v-ați gândit la un roman dedicat convertirii la catolicism, apoi ați hotărât să tratați convertirea la islam. Puteți explica ce anume a determinat această evoluție?*

Da: eșecul personal de a mă converti, un eșec în fața Fecioarei negre de la Rocamadour. Mai are legătură și cu Huysmans, care joacă un rol important în carte. Din cauză că pentru Huysmans - ceea ce spun pare dificil de crezut – frumusețea estetică este într-adevăr un argument al credinței; ba chiar singurul pentru el, la drept vorbind: crede pentru că este frumos. Dar pentru ca asta să funcționeze, pentru ca frumusețea să producă credință, trebuie să fie vorba de oameni foarte esteți, mai esteți chiar decât mine. În cazul meu, nici măcar Fecioara neagră de la Rocamadour, care e o mare reușită – există multe statui religioase, dar aceasta e chiar o mare reușită a sculpturii occidentale –, n-a funcționat. Trebuie, de asemenea, spus că e foarte veche. Epoca romanică e foarte îndepărtată de noi și, într-un fel, oamenii din secolul al VIII-lea sunt la fel de greu de înțeles ca egiptenii. Arta lor e foarte stranie, îți dă impresia de distanță. Deci, nu, nu-mi iese. De asta descriu personajul în fața statuii, și spun că nu merge, că înălțarea nu se produce.

De ce, atunci, să treci la Islam? Și cum caracterizați reprezentarea islamului pe care o oferă romanul dumneavoastră?

Nu prea se poate spune că există o perspectivă asupra islamului în *Supunere*. Tocmai asta e groaznic în carte, majoritatea personajelor nu sunt musulmane în realitate. Se declară musulmane pentru că asta le convine, pentru că așa obțin avantaje sau pentru că asta le satisface ambiția personală. Nici măcar președintele musulman nu se simte că ar fi prea pios: fără ca acest lucru să fie spus explicit, îți dai seama că e mai degrabă un ambițios care a jucat cartea islamului.

Așadar, în Supunere *v-a interesat mai ales dimensiunea politică a islamului? Ați spune că aici se găsește specificul acestei religii?*

Nu neapărat, chiar dacă islamul, ce-i drept, e mult mai exact din punct de vedere politic decât creștinismul. În Coran, sunt foarte multe detalii despre sistemul de împărțire a moștenirii, despre problema zestrei, despre sistemul judiciar, despre pedepsele pentru principalele infracțiuni. Din punctul de vedere al organizării sociale, totul este foarte detaliat. Dar, în definitiv, nu-i foarte greu de găsit un punct de vedere creștin în legătură cu majoritatea chestiunilor politice. De puțină vreme, în Franța există un partid politic explicit creștin, care se revendică direct de la creștinism și care uneori are puncte de vedere originale, unele apropiate de stânga, altele de dreapta. Există așadar și o politică creștină. Creștinismul nu este neutru politic, chiar dacă nu se pune atât de mult accent pe această dimensiune ca în islam.

Ați fost adeseori acuzat de islamofobie. Vreți să răspundeți la această acuzație?

În practică, cred că sunt cam la fel de ambiguu ca personajele mele. Acestea fiind spuse, de când a început toată povestea asta, mă simt obligat să apăr islamofobia, indiferent dacă sunt sau nu islamofob. Pentru că trebuie să ai dreptul să exprimi astfel de opinii... și punct. Atacarea unei religii este un drept. Deci, da, orice aș crede eu, mă simt obligat să apăr libertatea de exprimare.

Există o altă religie, adusă rareori în discuție, dar care e foarte prezentă în romanele dumneavoastră și cu care sunteți de obicei mai îngăduitor decât cu celelalte, budismul. Ce v-a interesat la budism?

E o religie care ea însăși este mai îngăduitoare decât celelalte!... Spre deosebire de ceea ce s-ar putea crede, nu Schopenhauer m-a condus la budism, ci lectura *Cărții tibetane a morților*, care m-a impresionat. E bine să ne aducem aminte că sunt destul de bătrân și, prin urmare, i-am cunoscut pe ultimii hipioți. *Cartea tibetană a morților* era la modă în mediul acela, și e destul de frumoasă, stupefiantă, foarte vizuală, foarte barocă, cu imagini foarte poetice.

Deci religia budistă v-a interesat din punct de vedere literar?

Da. Probabil că pe Schopenhauer l-am citit imediat după aceea. Schopenhauer e un caz interesant, pentru că nici el nu cunoştea cu adevărat budismul. A citit texte hinduse; şi pentru că erau puţine pe vremea lui, a încercat să înveţe sanscrita spre finalul vieţii şi a interpretat textele hinduse în maniera lui Buda. Într-un fel, el a refăcut, pe alte baze, pornind de la filosofia occidentală, traseul parcurs de Buda; iar filosofia lui Schopenhauer duce la budism destul de firesc.

Dacă vă spun câteva nume de autori sau de filosofi pe care îi menţionaţi adeseori în legătură cu chestiunea religiei, îmi puteţi spune în ce direcţie v-au influenţat? Aş începe bucuroasă cu Sfântul Pavel.

Îi datorez *Rester vivant*. Am scris acest eseu într-o stare de nervozitate totală, fiind foarte inspirat de Sfântul Pavel. Rămâne unul dintre cei mai buni autori pe care-i cunosc, pentru că e foarte insolent, foarte nervos – îi simţi nervii întinşi mereu, frazele lui sunt muşcătoare, e minunat. Există la el un amestec inegalabil de megalomanie şi jelanie. E un mare scriitor din acest motiv elementar: am impresia că îl văd aici, la doi metri de mine, când îl citesc; îl aud cum râgâie. Deci, da, încă îmi place, de fapt. În cele din urmă, poate că Sfântul Pavel a avut cea mai mare influenţă asupra mea: la el am descoperit latura aceasta pe care o pot califica drept punk, observabilă uneori în *Rester vivant* şi în *Extinderea domeniului luptei*.

Într-un cu totul alt registru, aţi putea spune că şi Auguste Comte a avut o mare importanţă pentru dumneavoastră?

Comte este interesant din multe puncte de vedere: el arată la modul cel mai complet şi mai sistematic faptul că după Revoluție societatea și-a pierdut fundamentele și că, fără religie, nu va putea rezista pe termen lung. Nu mă voi lansa acum în gândirea lui, e totuși destul de complicat, dar pot spune că mi s-au părut foarte convingătoare conceptele lui. Distincția pe care o face, de pildă, între vârsta organică și vârsta metafizică, a cărei singură funcție este aceea de a distruge, e foarte adevărată: tot ceea ce s-a întâmplat între începutul protestantismului și începutul Revoluției Franceze a avut un singur scop, subminarea societății anterioare. Lucru care a și a reușit, întreaga societate anterioară a ajuns o ruină lipsită de orice fundament, sau cu un fundament relativ semnificativ, precum patriotismul - care până la urmă nici nu e ceva serios. Comte spune toate acestea cu o reală forță intelectuală; îl admir foarte tare. Mai mult, el încearcă să pună bazele unei religii viitoare, compatibilă cu progresul științelor, ceea ce m-a influențat foarte mult, aceasta fiind ideea de bază din *Particulele elementare*. Tocmai faptul că știința a devenit pozitivistă, că nu mai există o entitate metafizică îndărătul legilor redeschide de fapt posibilitatea existenței unui fundament religios. Deci, da, Comte e una dintre influențele mele majore.

Și Chesterton, pe care-l citați de mai multe ori în Harta *și teritoriul?*

Ca să-l citești pe Comte de plăcere, așa cum o fac eu, trebuie să fii puțin pervers: omul acesta e totuși deseori aproape de nebunie, scriitura lui e cea a unui maniac, e un mecanism care uneori o ia razna, nu se mai poate opri, ceea ce dă naștere unor pasaje de o plictiseală insuportabilă. Să-l citești pe Chesterton este, dimpotrivă, delicios: e plin de umor, amuzant, briliant, iar uneori emite idei destul de profunde. De pildă, despre Comte, el afirmă că ideea cea mai notabilă a pozitivismului este crearea unui calendar; și așa este, pentru că restructurarea anului, faptul de a avea un timp care să nu mai fie neutru, ci să aibă sens în fiecare clipă, este fundamentală - religia, prin structurarea vieții, te ajută să trăiești. Chesterton este totodată și autorul unei idei care nu a avut prea mult succes - și e păcat: încercarea de reorganizare creștină a lumii economice. Ar merita recitit. Se plasează împotriva marilor afaceri, a industrializării, este interesant. Chesterton este un catolic sincer, iar catolicismul lui este simpatic pentru că pune accentul pe ideea că este o religie a întrupării: avem un trup și, după el, acesta este un lucru bun, de fapt.

Nietzsche și Schopenhauer? Ce-ați putea spune despre ei?

Nietzsche... Dacă rămânem la subiectul convorbirii noastre, opoziția lui frontală față de Isus n-a fost niciodată și a mea.

Aceasta este baza opoziției dumneavoastră față de Nietzsche?

Nu, pentru că nu am fost niciodată foarte credincios. Opoziția mea se datorează faptului că respinge morala și mila. Da, Nietzsche rivalizează cu Isus, vrea să fie rivalul victorios... Desigur, e o nebunie răspândită în Occident... Dar să spunem că Dionysos nu m-a convins niciodată ca zeu și nu mă convinge nici acum. Schopenhauer e diferit, e ateu de-a binelea și el, dar ateismul lui este mai intelectual - spre final chiar încearcă să-i recupereze pe catolici, ceea ce mi se pare de un oportunism simpatetic: le face cu ochiul, când de fapt a înjurat toată viața monoteismele în cei mai violenți termeni. Dar spre finalul vieții și-a băgat în cap că acest catolicism nu e tocmai un monoteism - ceea ce nu e în întregime fals. Fecioara, sfinții dau naștere unor divinități intermediare care diminuează brutalitatea relației existente în iudaism și protestantism.

L-ați amintit deja pe Huysmans, ați vrea să reveniți puțin?

Pe lângă faptul că-l apreciez mult, nu cred că drumul convertirii lui Huysmans, bazat pe estetism, poate fi potrivit pentru multă lume. Însă, dintre toți scriitorii convertiți - și n-au fost puțini -, e cel care își povestește cel mai bine convertirea; și este, în orice caz, cel care o povestește cel mai mult, uneori se lungește prea mult, dar în mare e captivant: chiar m-am întrebat, citind *En route*, dacă chiar se îndrepta către mănăstirea lui, dacă urma sau nu să se convertească... Nu pare, când povestești, dar Huysmans poate fi *thrilling*! Un thriller spiritual, de fapt.

Mai e cineva pe care l-am uitat și care vi se pare important?

Chateaubriand, totuși, pentru că *Geniul creștinismului* este o carte uimitoare. A avut mare succes încă de la început - se pare că femeile elegante din Paris își spuneau una alteia: „A, chiar așa e creștinismul? Păi, e adorabil!". (*Râde.*) Chateaubriand a reușit să readucă creștinismul la modă, ceea ce, oricum am lua-o, e un tur de forță. Și cartea este foarte bună: stilul ei are forță până la capăt; descrierea morții creștinului ca spectacolul cel mai maiestuos care poate exista pe Pământ merită paranteza; iar felul în care analizează aceeași situație tratată în Biblie și la Homer, de pildă, e de o mare finețe... La arhitectură se pricepe ceva mai puțin, nu-l prea interesează, e clar; dar per total este o carte extraordinară. La fel și descrierea soției creștine...

...Aderați din toată toată inima?

Ei, exagerează puțin, încearcă prea multe; dar e atât de bun, frazele sunt atât de reușite încât putem să-i iertăm lucrurile acestea.

La începutul secolului al XIX-lea, anumiți poeți, ca Hugo sau Lamartine, să zicem, se defineau ca magi laici, ca profeți. Ar trebui literatura, în opinia dumneavoastră, să preia anumite aspecte ale acestor funcții care țineau de religie?

Totuși, mai ales Hugo... Și Lamartine, un pic, de acord, dar nu mergea până într-acolo încât să creadă că-i vorbește Shakespeare. Nu se vedea atât profet, cât ghid politic, ceea ce de altfel e la fel de caraghios în cazul lui. Oricum, eu sunt mai puțin megaloman decât ei: nu mă consider un profet laic. De fiecare dată când mi se spune că sunt profet, spun că nu-i așa, și amintesc de toate dățile în care m-am înşelat în profeţiile mele... Nu, nu, pe latura asta profetică stau cu capul la cutie!

Într-un interviu, aţi afirmat că poezia e „aproape de divin". Aţi putea spune că poezia are relaţii strânse cu rostirea religioasă?

Sigur că da. Au un puternic element comun, în poezie nu există contradicţie: ea este un discurs absolut care îşi propune să formuleze enunţuri imposibil de negat. Un alt element comun este că înţelegerea completă nu este fundamentală: poţi să nu înţelegi pe deplin rostirea religioasă, la fel cum nu e nevoie să înţelegi totul atunci când asculţi poezie. De altfel, există texte folosite de religie care au o adevărată valoare poetică: anumiţi psalmi, de pildă. Deci, da, există o legătură puternică.

Ultima secţiune a antologiei dumneavoastră de poeme, Neîmpăcat, *se intitulează „Har încremenit" şi se încheie cu un poem al cărui prim vers începe aşa: „În năucirea care mi-e har, nu supliciu"*[1]. *Ce reprezintă „harul" pentru dumneavoastră? Care e locul pe care îl ocupă harul în opera dumneavoastră?*

Nu ştiu să vă spun; dar ştiu că, în viaţa mea, harul nu este, de fapt, foarte departe de năucire. Să zicem că gândesc prea mult, sunt prea anxios – nu mă refer la lucrurile practice, ci în general. Aşadar, o stare de năucire este ca un har care mi s-a dat.

---

1. Michel Houellebecq, *Neîmpăcat. Antologie personală, 1991-2013*, traducere din limba franceză de Daniel Nicolescu, Humanitas, Bucureşti, 2016, p. 171.

Mai există în această formă de grație ceva care să aibă de-a face cu religiosul sau nu?

Nu, nu neapărat. Schopenhauer, de pildă, concepe toate acestea într-un cadru deloc religios. Singura cale posibilă pentru el este contemplarea, adică scufundarea într-un obiect fără a forma o gândire conștientă. De fapt, din acest punct de vedere, se apropie foarte mult de metodele budiste. Așadar, este o formă de grație legată de evadarea din lume, contemplarea este fericită atunci, dar îndărătul ei nu există nici un gând la Dumnezeu. În fine, să spunem că da, probabil că are un raport cu religia, dar nu cu cea occidentală.

Găsim în Platforma *această frază: „Cu ce poate fi comparat Dumnezeu? Mai întâi, evident, cu sexul femeilor"*[1]*. Ați asociat frecvent în opera dumneavoastră sexul și religia. Este o pură provocare din partea dumneavoastră?*

Nu. Este un punct de vedere masculin, dar nu are nimic provocator. Trebuie să ne amintim că cele mai vechi reprezentări venerate de triburile primitive sunt organele sexuale masculine și feminine (mai ales feminine, de altfel, iar acest lucru are probabil mai puțin legătură cu sexul, cât cu faptul de a da viață). Și chiar dacă acest fenomen este foarte vechi, nu cred că evoluția omenirii șterge stările ei anterioare: aceste stări rămân, subiacente. Sunt acoperite de straturi suprapuse de civilizație, dar rămân potențial

1. Michel Houellebecq, *Platforma*, traducere din limba franceză și note de Emanoil Marcu, ediția a II-a, Polirom, Iași, 2011, p. 130.

active. Deci nu e vorba de o provocare: totul trebuie luat în serios.

Ați putea spune că, în sfera romanescă, de la Extinderea domeniului luptei *la* Supunere, *opera dumneavoastră manifestă o evoluție în raport cu preocuparea religioasă?*

Există mai multe etape: două dintre romanele mele sunt totuși marcate de ideea, a lui Comte la început, că este nevoie de o nouă religie, că ne-ar trebui, în orice caz, o religie compatibilă cu starea științelor. Dar pur și simplu am fost frapat de acest fapt istoric evident: Comte a eșuat el însuși. A încercat de-adevăratelea să întemeieze o nouă religie, i-a botezat pe proletari în credința pozitivă etc.; n-a mers. Și atunci am ajuns la ceea ce alcătuiește materia primă din *Supunere*, adică, departe de a putea vedea formarea unei noi religii, e foarte posibil ca una veche să se trezească.

Filonul science-fiction din opera dumneavoastră și mai ales din romanele dumneavoastră are legătură cu preocuparea religioasă?

Da, cred că este una dintre influențe; dar, desigur, trebuie să fii deja un mare cititor de science-fiction ca să-l poți repera, pentru că viitorul religiilor este o temă tratată de foarte puțină lume în science-fiction. Dar există totuși unii care încearcă să-și imagineze religiile viitorului. Lafferty, de pildă. Însă nu vom vorbi despre asta, sunt oameni pe care nu-i cunoaște nimeni.

Într-un interviu spuneați că povestea lui Isus v-a „fascinat întotdeauna, mai ales sacrificiul prevăzut și asumat, faptul că a luat asupra lui păcatele lumii". Iar în Inamici publici *spuneți că destinul dumneavoastră a luat o turnură cristică. Ce vă împinge să declarați aceste lucruri? Trebuie scriitorul să consimtă la acest tip de sacrificiu?*

Da. Este un aspect al activității sale, nu poți numi asta muncă. Am putea spune că, cel puțin așa consider eu, să scrii înseamnă să iei asupra ta tot ceea ce este negativ în lume și să-i dai o imagine, astfel încât cititorul să se simtă ușurat când vede că această parte negativă a fost exprimată. Autorul care își asumă misiunea de a o exprima își asumă în același timp și riscul de a fi asimilat acestei părți negative a lumii. Din cauza asta, scrisul este uneori o activitate dificilă: îți asumi tot ceea ce este negativ. Iar acest lucru are într-adevăr un raport cu Isus, care a luat asupra sa toate păcatele omenirii. Deci da, e un fapt, există o asemănare... E o concluzie bună, nu-i așa?

EMMANUEL CARRÈRE ȘI PROBLEMA BINELUI[1]

1. Pentru traducerea acestui capitol vreau să le mulțumesc studenților mei Roberta Axente și Andrei Bădilă din anul II de la Facultatea de Litere a Universității „Transilvania“ din Brașov.

Acest text a fost publicat în Emmanuel Carrère. Faire effraction dans le réel, *volum apărut sub îngrijirea lui Laurent Demanze și Dominique Rabaté (P.O.L., 2018).*

Printre numeroasele pasaje copleșitoare care marchează *Alte vieți decât a mea*, pentru mine, unul dintre cele mai sfâșietoare este acela al bătrânei englezoaice lesbiene care tocmai și-a pierdut partenera într-o catastrofă. „Spunea: *my girlfriend*, și îmi închipui acest cuplu de lesbiene îmbătrânite, locuind într-un orășel englezesc, implicate în viața comunității, casa lor aranjată cu dragoste, călătoriile lor anuale în țări străine, albumele lor de fotografii, toate lucrurile acestea au fost spulberate. Întoarcerea supraviețuitoarei, casa goală. Cănile cu numele fiecăreia, și una dintre cele două care nu va mai folosi niciodată nimănui, și femeia corpolentă așezată la masa din bucătărie își ia capul în mâini și plânge și își spune că acum e singură și că va rămâne singură până la moarte."

Emmanuel Carrère a întâlnit-o cu siguranță pe englezoaica lesbiană îmbătrânită în timpul acelei vacanțe în Ceylon care s-a terminat atât de rău; dar cănile și le-a imaginat. Ceea ce arată destul de clar, cred eu, marja de invenție pe care și-o permite în această carte unde „totul este adevărat". Lucru deloc nesemnificativ. Pentru că aceste căni înseamnă ceva. Exact la momentul cănilor, îmi amintesc, am izbucnit în lacrimi și a trebuit să las cartea, incapabil pentru câteva minute să-mi continui lectura. Oricum, e imposibil să retrăiești faptele, chiar și atunci când o faci fără nici o ambiție literară, ești tot timpul obligat să inventezi, mai mult sau mai puțin. Cert este că, în toate cărțile pe care le scrie în prezent, Emmanuel Carrère alege să nu inventeze nici personaje, nici evenimente majore; alege, în esență, să se comporte ca un *martor* (nu ca un martor precis, acest lucru este imposibil, tocmai ce-am spus-o, dar ca un martor). Această alegere e clar că mă interesează, fie și pentru că până acum eu am urmat calea inversă. Din motive estetice, dacă vreți, dar și din motive îndoielnice, printre care se amestecă lenea, insolența și megalomania (de genul: mai lăsați-mă cu detaliile, nu am timp de pierdut cu realitatea și oricum cunosc realitatea mai bine decât oricine).

Dar să revenim la Emmanuel Carrère. Nu știu exact *când*, în ce împrejurări a făcut această alegere; dar mi se pare că am o idee despre *de ce* a făcut-o. În mod ciudat, ea provine din perioada în care am început să scriu despre Lovecraft. Cu simpatica lui radicalitate caracteristică, autorul american se desparte de romanul realist prin aceste cuvinte: „Haosul universului este atât de total, încât nici un text scris nu-mi poate oferi vreo perspectivă asupra lui". Am impresia că Emmanuel Carrère s-a confruntat și el, la un moment dat, cu o problemă similară. Oamenii nu mai știu cum să trăiască – și e puțin spus. Haosul este atât de mare, deznădejdea, atât de generalizată, încât nici un model de comportament moștenit din secolele îndepărtate nu mai pare să se aplice vremurilor pe care le trăim. La un moment dat, lui Emmanuel Carrère i s-a părut imposibil nu doar să mai folosească tipurile existente, ci și să creeze tipuri noi. Vremea „omului fără tip", profețită chiar și aproximativ de Musil, sosise. Circumstanță agravantă, Emmanuel Carrère a fost apropiat de o mișcare pitorească, resurgența susținătorilor *artei pentru artă*, care credeau că pot ocoli problema dacă rezumă interesul literaturii la virtuozitatea lingvistică. Pe scurt, s-a trezit cam în aceeași situație cu acei militanți maoiști care-și făcuseră autocritica, simțindu-se amenințați de un deviaționism formal, și care s-au hotărât să se întoarcă la munca din fabrică, în contact cu proletariatul adevărat.

(Mi-aș dori ca această comparație un pic ireverențioasă să nu-mi fie luată în nume de rău; militanții maoiști care s-au hotărât să se întoarcă în fabrică au avut *dreptate* până la urmă; dovada apărea mereu prin faptul că, odată *stabiliți* acolo, nu pregetau să renunțe la maoism și militantism; teoria nu trecuse proba realului.)

Chiar dacă privește lumea fără teorii preconcepute, Emmanuel Carrère nu e deloc lipsit de structură intelectuală; pentru că el are, în cel mai înalt grad, ceva la fel de structurant ca o teorie, *valori*. Iar aici este nevoie să ne întoarcem puțin în urmă, pentru că în această privință el se desparte nu doar de contemporani, ci și de ultimele două, trei generații.

Autorii secolului al XIX-lea nu-și puneau deloc problema binelui și a răului. Nici Balzac, nici Dickens, nici

Dostoievski, nici Maupassant, nici Flaubert nu au nici cea mai mică îndoială cu privire la momentele în care comportamentul personajelor li se pare respectabil, admirabil, uşor condamnabil sau de-a dreptul abject. Dacă apoi aleg să etaleze un spectru moral foarte larg, să pună în scenă cazuri extreme sau, dimpotrivă, să-şi concentreze atenţia asupra unor personaje medii, aceasta este o alegere estetică personală, în care variaţiile sunt infinite. Dar la ei bazele judecăţii morale sunt la fel de solide şi indiscutabile ca la filosofii care, de-a lungul secolelor precedente, s-au ocupat de etică.

Lucrurile se deteriorează la începutul secolului XX. Sub influenţa unor gânditori nefaşti şi falşi care şi-au imaginat că pot să-i confere legii morale un caracter contingent, a apărut încet-încet o opoziţie stupidă, dar bizar de stăruitoare, între tabăra *conservatorilor* şi cea a *progresiştilor*. La drept vorbind, acest lucru s-ar fi putut întâmpla cu mult înainte, sub influenţa nocivă a „filosofilor Luminilor"; dar aceşti aşa-zişi filosofi aveau un nivel intelectual mult prea limitat pentru a putea exercita o influenţă reală asupra creatorilor cu o anumită statură, iar magnificul elan romantic n-a avut nici o problemă să-i facă praf şi pulbere. Marx şi Nietzsche erau, trebuie s-o spunem, de alt calibru decât Voltaire şi La Mettrie. Astfel, a apărut chiar şi la cei mai buni o îndoială morală asupra unor chestiuni totuşi prea puţin îndoielnice. Îndoiala se concentra mai ales asupra chestiunilor sexuale, iar vina le aparţine în cea mai mare parte, trebuie să recunoaştem, conservatorilor. Pudibonderia victoriană era un fenomen de neînţeles, exagerat, care nu se mai văzuse până atunci (şi care nu avea să se mai vadă vreodată), așa că nu e de mirare că în Anglia a fost cea mai mare confuzie. A dat rezultate minunate la Galsworthy, uitat pe nedrept (nemurirea mi se pare asigurată unui autor care a reușit să creeze personajul Soames Forsyte). Dar aceste chestiuni morale ating probabil cel mai înalt punct de tensiune și dau cele mai tulburătoare rezultate la Somerset Maugham. Din pudoare probabil, Maugham s-a creat ca personaj homosexual, bătrân, rafinat și cinic. Dar de fapt el n-a fost mereu bătrân, n-a fost exclusiv homosexual (descendenții lui stau mărturie), iar cinismul afișat ascundea manifestări foarte reale de generozitate în practică. S-a dezvăluit mai mult în cărțile sale. Ființele iubite nu sunt întotdeauna cele care merită; nu reușește să se împace deloc cu acest adevăr trist și banal. Dorința e firească și sănătoasă, este glasul naturii, și nu vrea să renunțe la ea; dar i-ar plăcea atât de mult ca oamenii buni să fie fericiți, ca aspirația lor către iubire să fie împlinită, dar bineînțeles că asta nu se poate, iar toate aceste lucruri ne oferă, mai ales în *Luna și doi bani jumate* și *Un petec de pământ*, unele dintre cele mai frumoase pagini din literatura engleză.

Cu cât înaintăm în secolul XX, cu atât confuzia crește, iar legea morală pierde teren, până când nu mai e deloc înțeleasă, asta dacă nu se depreciază sistematic. Adagiul „Nu faci literatură bună cu sentimente bune" va avea în cele din urmă un impact negativ considerabil. Mi se pare chiar că incredibila supraevaluare al cărei obiect sunt de multă vreme scriitorii colaboraționiști aici își găsește originea. Să ne înțelegem, Céline are meritul lui, dar e ridicol de supraevaluat. Iar *Les Poèmes de Fresnes* de Brasillach sunt foarte frumoase, surprinzător de frumoase chiar pentru un autor atât de slab. Dar toţi ceilalţi, Drieu, Morand, Félicien Marceau, Chardonne... o înşiruire lamentabilă de mediocri. Ei bine, mi se pare că supraevaluarea lor îşi are originea în exagerarea perversă a adagiului mai sus menţionat, care ar putea fi reformulat astfel: „Dacă e un ticălos, probabil e un autor bun".

Asta aşa, ca să ne facem o idee despre ciudatul haos în care ajunseserăm. Ceea ce nu face decât să evidenţieze imensele merite ale lui Emmanuel Carrère. De îndată ce intri într-una dintre cărţile sale (şi este cam singurul din generaţia lui despre care se poate spune asta), miasmele îndoielii morale se evaporă, atmosfera se limpezeşte şi se respiră mai bine. Carrère *ştie* când personajele lui au un comportament respectabil, admirabil, odios, neutru din punct de vedere moral; s-ar putea îndoi în legătură cu orice altceva, dar nu şi în această privinţă. Şi tocmai această claritate a concepţiei, această rectitudine intelectuală şi morală îl fac capabil, pe el şi doar pe el (sau aproape), să abordeze anumite subiecte cu adevărat delicate din punct de vedere moral. Nu ar putea fi niciodată lăudat îndeajuns, de pildă, felul în care îl zugrăveşte pe Jean-Claude Romand în *Adversarul*. Nimănui nu-i va trece prin cap să nege că Jean-Claude Romand e un asasin odios care merită din plin pedeapsa care îl loveşte; dar la fel de adevărat este că această imagine a răului nu e foarte credibilă, şi tocmai aici se vede pe de-a-ntregul talentul lui Emmanuel Carrère. Felul în care reuşeşte, încet-încet, să-l aducă pe Romand aproape de noi, ba chiar să-l facă simpatic, fără să-şi permită vreodată cel mai mic compromis în problema răului, este cu adevărat remarcabil.

(De altfel, Romand este foarte grăitor. Una dintre cele mai importante calități ale romancierului, și cel mai rar evocată, este că știe să-și aleagă subiectele. Trebuie să te gândești, să te gândești îndelung; apoi să iei la țintă, să ținteşti cu toată grija de care e nevoie și să tragi fix în centru. Există sute de cazuri penale pe an, iar crimele în familie se află în fruntea listei; dar să-ți alegi ca țintă un personaj care, în mitomania lui, s-a prefăcut că e medic umanitar, ba chiar un „nume important în domeniul umanitar", iată ceva care spune multe despre societatea noastră.)

Limonov este întruchiparea unei probleme mai vechi, dar nu mai puțin delicate. Nimeni nu poate spune că Limonov n-avea talent; dar la fel de evident este că, în anumite privințe, era chiar un ticălos. E fascinant să compari cum îl tratează Emmanuel Carrère pe Limonov, față de cum îl tratează Somerset Maugham pe Gauguin. Maugham are o admirație infinită pentru Gauguin, pe care îl consideră (puțin exagerat, probabil, dar să trecem peste asta) un geniu de calibrul lui Michelangelo; dar e scârbit de brutalitatea și egoismul de care dă dovadă în viața privată. Martiriul lui Dirk Stroeve, una dintre ființele a cărei viață a fost distrusă de Gauguin, scoate din el pagini halucinante de durere; dar nu-l poate condamna defel pe Gauguin, ar însemna să-i ceară prea mult, așa că bietul Maugham suferă din ce în ce mai tare, până când propria lui suferință ca autor devine adevăratul subiect al unei cărți superbe, dar greu de citit. Carrère, dimpotrivă, nu e deloc surprins că un scriitor talentat poate fi și ticălos; deplânge acest lucru, ar prefera să fie altfel, dar pentru el asta nu e o *contradicție insuportabilă*; este doar o farsă pe care natura o face cu plăcere atunci când modelează oamenii. În privința asta are aceeași perspectivă ca Shakespeare; și, dincolo de el, ca toți clasicii.

Această sănătate și această limpezime a perspectivei lui Emmanuel Carrère au drept corolar un merit care, deși e negativ, nu e mai puțin important, și anume că *nu-și pune niciodată probleme false.*

Am văzut de multe ori, nu fără o strângere de inimă, gânditori creștini (sau poate călugări creștini, sau doar creștini) care-și pun cu gravitate și durere „problema răului". *Care* problemă a răului? Dacă există ceva care în lume e la el acasă, ceva ce se găsește aici fără nici o surpriză și a cărui existență e oricum, dar numai problematică nu, acesta e *răul.*

Mă enervez puțin când aud laudele aduse la adresa „cunoașterii profunde a naturii umane" de care a dat dovadă cutare autor, când acesta n-a făcut, de-a lungul întregii sale cariere, decât să înșire o galerie de personaje egoiste și cinice. Un astfel de autor, cred eu, nu dă dovadă decât de o înțelegere superficială a inimii omenești. Pentru că există și ființe care decid în mod conștient și deliberat să-i trateze pe ceilalți cu loialitate, onestitate și bună-credință; apoi se conformează până la moarte acestei maxime. La fel și alții, care, fără să-i constrângă nimeni, sar fără teamă în ajutorul celorlalți și fac tot ce le stă în putință pentru a-i salva și a le ușura suferințele. Binele există, absolut există, la fel ca răul. Și tocmai această existență, absolut contrară oricărei legi naturale, această existență *contraproductivă* din punct de vedere biologic pune cu adevărat probleme. Iar problema binelui, poate singura care contează, este analizată de Emmanuel Carrère în cele mai bune pagini ale cărții sale. De ce a ales Étienne Rigal, tânăra speranță a Sindicatului Magistraților, să devină judecător delegat cu executarea pedepselor la Béthune, în loc să aleagă calea de aur a unui cabinet ministerial? De ce s-a hotărât să vină în ajutorul unor sărmani alcoolici și semidegenerați? *De ce?*

Pentru a relua subiectul dintr-o perspectivă ușor diferită, cred că problema comunității umane, a posibilității de existență a unei comunități umane, apare cel mai mult în cărțile lui Emmanuel Carrère. Cioran observă mai concis că credința în Dumnezeu „era o soluție" și cu siguranță nu vom găsi una mai bună. Dintre imensele avantaje ale acestei credințe, identific cel puțin trei. În primul rând, întrebările cosmologice despre originea Universului, a spațiului, a timpului etc. își găseau rezolvarea *ipso facto*. În al doilea rând, moartea era învinsă (propria moarte, dar mai ales a celorlalți). În al treilea rând, posibilitatea comunității umane era deja prezentă (prin aceasta vor cunoaște toți că sunteți ucenicii Mei, dacă veți avea dragoste unii pentru alții etc.). Întotdeauna mi s-a părut că, dintre cele trei puncte, cel mai aproape de inima lui Emmanuel Carrère și cel care explică cel mai bine fascinația lui mereu reînnoită pentru creștinism este al treilea. Cea mai impresionantă ilustrare a acestui fapt este probabil extraordinara penultimă pagină din *Împărăția Cerurilor*, în care, în timp ce dansează alături de tânăra mongoloidă Élodie în comunitatea din Arche a lui Jean Vanier, potopit de lacrimi, întrezărește ce este cu adevărat Împărăția.

În privința problemei comunității umane, eu mă simt mai puțin elocvent și mai mult contradictoriu. Sensibil cu totul la emoția colectivă, nu m-am simțit niciodată atât de aproape de credință ca atunci când am asistat la slujbă. Dar în același timp pot spune că slujbele nu sunt toate la fel, iar reveria creștină mă tulbură cel mai mult atunci când asist la o înmormântare. Ultima la care am participat a fost cea a lui Bernard Maris[1]. Emmanuel era acolo și el (a vorbit foarte frumos despre prietenul nostru asasinat). Îmi amintesc de această certitudine, de această dovadă care se desprindea din spusele preotului: nu, moartea nu există, evident că nu există, nu plângeți, copii, Isus a învins moartea. Îmi creează o stare de spirit foarte patetică această certitudine.

Poate că problema comunității umane *în general* mă interesează mai puțin și pentru că am o pasiune deosebită pentru comuniunea mai restrânsă dintre un bărbat și o femeie. Emmanuel Carrère are și el această preocupare, iubirea ocupă un loc important în cărțile noastre, ale amândurora (el vorbește cu multă emoție de iubirea conjugală și de sexualitatea conjugală). Dar nu a renunțat niciodată la problema comunității umane *în general*. În timp ce eu,

1. Unul dintre jurnaliștii uciși în atentatul de la *Charlie Hebdo*, în 7 ianuarie 2015.

trebuie spus, am renunțat; iar cuvântul „fraternitate" îmi inspiră, în primul rând, neîncredere. Departe de mine să mă laud cu asta; doar observ. Îmi observ neputințele, dar nu vreau să le exagerez; credințele mele sunt limitate, dar pătimașe. Cred în posibilitatea împărăției restrânse. Cred în iubire.

Sigur că această promisiune este modestă în comparație cu cea a Împărăției; o iubire restrânsă, în comparație cu milostenia de care vorbește Sfântul Pavel; dar uneori cred că poate e suficient. Nu știu ce crede despre asta Emmanuel Carrère, nu sunt convins că știe nici el; dar știu că avem dreptul să-l întrebăm, și eu, și toți cititorii lui (oricât de greu le-ar fi, scriitorii se expun la asta: cititorii au dreptul absolut să-i *someze* să le explice cum să trăiască). Pe scurt, fără să cunosc răspunsul lui Emmanuel Carrère, cred că am citit destul din opera lui pentru a ști că va aprecia această frază pe care o împrumut de la Versilov (unul dintre personajele cele mai enigmatice ale lui Dostoievski, pentru că e ocolit în mod straniu de isterie): „Iar a face fericită neapărat și prin ceva anume o ființă, a o face fericită concret, adică în realitate, aș considera că este o poruncă pentru orice om evoluat; la fel cum, în condițiile despăduririi Rusiei, aș considera o lege sau o obligație pentru fiecare mujic de a sădi măcar un pom în viața lui"[1].

---

1. F.M. Dostoievski, *Adolescentul*, traducere din limba rusă și note de Livia Cotorcea, Polirom, Iași, 2015, p. 559.

DONALD TRUMP
E UN PREȘEDINTE BUN

Acest text a apărut în Harper's Magazine, *în ianuarie 2019.*

Îmi place poporul american, spun sincer, am întâlnit în America oameni grozavi și sunt alături de mulți americani cărora le e rușine (și nu doar de „intelectualii new yorkezi") să fie conduși de un astfel de păcălici dezamăgitor.

Totuși, trebuie să vă cer (știu că nu vă e ușor) să cântăriți o clipă lucrurile dintr-un punct de vedere neamerican. Nu vreau să spun „dintr-un punct de vedere francez", ar însemna să cer prea mult; să zicem, din punctul de vedere al restului lumii.

Fiind întrebat de mai multe ori despre alegerea lui Donald Trump, am răspuns că nu mă interesează. Franța nu e Wyoming, nici Arkansas. Franța e o țară independentă, mai mult sau mai puțin, și va redeveni astfel de îndată ce se va dizolva construcția europeană (cu cât mai devreme, cu atât mai bine).

Statele Unite ale Americii nu mai sunt prima putere mondială; au fost multă vreme, aproape întregul secol XX. Dar acum nu mai sunt.

Rămân o putere importantă, printre altele.
Nu e neapărat o veste proastă pentru americani.
E o veste foarte bună pentru restul lumii.

Exagerasem un pic în răspunsul meu. Viaţa politică americană suntem obligaţi în continuare să ne intereseze puţin. Statele Unite ale Americii sunt încă prima putere militară mondială şi din nefericire încă nu au renunţat să intervină în afara frontierelor lor.

Nu sunt istoric şi nu cunosc istoria veche, n-aş putea spune, de pildă, care dintre Johnson şi Kennedy este mai vinovat de sordida afacere din Vietnam; dar aş putea spune că Statele Unite ale Americii n-au mai *câştigat* de mult un război şi că intervenţiile lor militare (recunoscute sau secrete) în străinătate nu au fost, de vreo cincizeci de ani încoace, decât o suită de nemernicii încoronate de eşecuri.

Dar să ne întoarcem la ultima lor intervenţie incontestabilă din punct de vedere moral şi victorioasă din punct de vedere militar, adică participarea la cel de-Al Doilea Război Mondial: ce s-ar fi întâmplat dacă Statele Unite ale Americii n-ar fi intrat în război (neplăcută istorie contrafactuală)? Soarta Asiei ar fi fost cu siguranţă alta. La fel şi soarta Europei, dar poate în mai mică măsură. Hitler începuse oricum destul de prost. Cel mai probabil, armata lui Stalin ar fi ajuns la Cherbourg. Diverse ţări europene, care altfel au fost scutite, ar fi trăit calvarul comunismului.

Nu e o perspectivă prea plăcută, de acord; dar nu ar fi durat mult. Vreo patruzeci de ani mai târziu, Uniunea

Sovietică s-ar fi prăbușit la fel de bine. Pentru că se sprijinea pur și simplu pe o ideologie ineficientă și falsă. În nici o țară din lume, indiferent de împrejurările și de cultura în care s-a instalat, comunismul n-a reușit să supraviețuiască nici măcar un secol.

Memoria popoarelor nu este prea lungă. Ungurii, polonezii, cehii își mai amintesc astăzi că au fost comuniști? Felul în care văd mizele europene este atât de diferit de cel din Europa de Vest? Ne putem îndoi serios. Ca să folosim o clipă jargonul de centru-stânga, „cancerul populist" nu se limitează deloc la grupul de la Vișegrad; argumentele folosite mai ales în Austria, Polonia, Italia și Suedia sunt exact aceleași. Lupta împotriva islamului este o constantă a lungii istorii a Europei; acum doar a revenit în prim-plan.

Prin intermediul romanului în special (american, aproape exclusiv) am auzit de revoltătoarele manevre ale CIA în Nicaragua sau Chile. Primele intervenții militare americane de care îmi amintesc cu adevărat sunt cele ale celor doi Bush, mai ales ale fiului. Franța a refuzat să se alăture războiului împotriva Irakului, pe cât de imoral, pe atât de stupid; Franța a avut dreptate, și spun acest lucru cu și mai multă plăcere cu cât Franța a avut rareori dreptate, după de Gaulle, să zicem.

Cu Obama, progresul a fost deja enorm. A luat poate puțin prea devreme Premiul Nobel pentru Pace; în ochii mei, l-a meritat cu adevărat în ziua în care a refuzat să-l urmeze pe François Hollande în Siria. Nu s-a descurcat atât de bine în ceea ce privește reconcilierea rasială, și mărturisesc că nu cunosc atât de bine țara dumneavoastră pentru a înțelege exact de ce; nu pot decât să deplâng acest lucru. Dar cel puțin trebuie felicitat pentru că nu a adăugat și Siria pe lista deja lungă (Afganistan, Irak, Libia și probabil uit câteva) a fărădelegilor occidentale pe pământ musulman.

Trump continuă și dezvoltă politica de dezangajare inițiată de Obama; e o veste foarte bună pentru restul lumii.

Americanii ne lasă în pace.

Americanii ne lasă să existăm.

Americanii nu mai încearcă să răspândească democrația pe toată suprafața planetei. Ce *democrație*, de altfel? Să votezi la fiecare patru ani ca să-ți alegi liderul, *asta* e democrația? După mine există o singură țară în lume (una singură, nu două) care se bucură de instituții parțial democratice; și nu e vorba de Statele Unite ale Americii, ci de Elveția. O țară cunoscută, de altfel, pentru lăudabila ei politică de neutralitate.

Americanii nu mai sunt pregătiți să moară pentru libertatea presei. *Ce* libertate a presei, de altfel? Încă de la doisprezece ani văd cum gama de opinii care pot fi exprimate în presă se restrânge constant (vorbesc despre asta la puțină vreme după ce în Franța s-a declanșat o nouă campanie de vânătoare a lui Zemmour[1]).

---

1. Referire la Éric Zemmour, eseist, jurnalist politic și scriitor. Pozițiile sale ultraconservatoare, precum și numeroasele con-

Americanii folosesc mai mult dronele, ceea ce ar fi permis reducerea numărului de victime civile dacă ar fi știut să le întrebuințeze (dar e drept că americanii au fost mereu incapabili să realizeze un bombardament corect, și asta practic de la începuturile aviației).

Acestea fiind zise, cel mai remarcabil aspect al noii politici americane este cu siguranță politica comercială, și aici mărturisesc că Trump aduce o prospețime salutară și că ați făcut bine să alegeți un președinte ieșit din „societatea civilă".

Președintele Trump rupe tratate și acorduri comerciale când crede că n-ar fi trebuit să le semneze; și are dreptate, trebuie să-ți folosești termenul de retragere.

Spre deosebire de liberali (la fel de fanatici ca și comuniștii, în felul lor), președintele Trump nu vede în libertatea comerțului începutul și sfârșitul progresului omenesc. Când liber-schimbul favorizează interesele Americii, președintele Trump e în favoarea liber-schimbului; în caz contrar, bunele și vechile măsuri protecționiste i se par foarte potrivite.

Președintele Trump a fost ales pentru a apăra interesele muncitorilor americani; și el apără interesele muncitorilor americani. Ne-ar fi plăcut să întâlnim mai des și în Franța ultimilor cincizeci de ani acest tip de atitudine.

---

troverse în care a fost implicat i-au adus o notorietate negativă în ultimii ani, fiind acuzat de incitare la ură rasială.

Președintelui Trump nu îi place construcția europeană, nu crede că avem prea multe în comun, mai ales nu „valori"; și asta din fericire, pentru că despre *ce* valori vorbim? „Drepturile omului"? Serios? Ar prefera să negocieze direct cu statele; și cred că asta ar fi preferabil, că unde-s mulți puterea nu crește neapărat (mai ales când nu ai aceleași interese). Nu avem în Europa nici limbă comună, nici valori comune, nici interese comune. În linii mari, Europa nu există, nu va constitui niciodată un popor, și cu atât mai puțin baza unei democrații posibile (vezi etimologia termenului), și asta mai ales pentru că *nu vrea* să fie un popor. Uniunea Europeană, în orice caz, nu a fost niciodată concepută pentru a fi o democrație, obiectivul ei era exact opusul. Pe scurt, o idee nefastă, sau în cel mai bun caz stupidă, care s-a transformat încet-încet într-un coșmar din care ne vom trezi în cele din urmă. Bun poet uneori, Victor Hugo este adesea grandilocvent și prost; visul său, cel al „Statelor Unite ale Europei", e un bun exemplu în acest sens; îmi face bine să-l critic din când în când pe Victor Hugo.

În mod logic, președintele Trump a salutat Brexitul. Tot logic, și eu; am regretat doar că englezii s-au arătat încă o dată mai curajoși decât noi în fața Imperiului.

Președintele Trump nu-l consideră pe Vladimir Putin un interlocutor nedemn; nici eu. Nu cred în rolul de călăuză universală al Rusiei, admirația mea pentru Dostoievski nu ajunge până acolo; dar admir rezistența ortodoxiei pe teritoriul ei și cred că ar fi bine dacă și catolicismul s-ar inspira de aici, că „dialogul ecumenic“ s-ar putea limita cu folos la dialogul cu ortodocșii și că schisma din 1054 a fost începutul sfârșitului pentru lumea creștină (dar cred totodată că sfârșitul nu e niciodată sigur înainte de a se fi întâmplat).

Se pare chiar că președintele Trump a reușit să-l îmblânzească pe dementul nord-coreean; mi s-a părut *supertare*.

Franța ar trebui să iasă din NATO, dar asta s-ar putea să nu mai conteze dacă NATO va dispărea în lipsa unui buget de funcționare; ar fi o grijă în minus.

Pe scurt, președintele Trump mi se pare unul dintre cei mai buni președinți pe care i-a avut vreodată America.

Pe plan personal, e, desigur, foarte dezgustător. Că merge la curve n-am nici o problemă, nu-mi pasă, dar nu e bine că-și bate joc de handicapați. Cu un program echivalent, un conservator creștin autentic, un tip onorabil și moral, în fine, ar fi fost mai bun pentru America.

Dar asta se poate întâmpla data viitoare, sau după aceea, dacă insistați pentru Trump. Peste șase ani, Ted Cruz va fi încă relativ tânăr și cu siguranță vor fi și alți conservatori creștini foarte buni. Veți fi mai puțin competitivi, dar veți regăsi bucuria de a trăi în minunata dumneavoastră țară, între granițele ei, practicând cinstea și virtutea, exportând câteva produse, importând altele, nu mare lucru, de fapt, diminuarea comerțului mondial e un obiectiv dezirabil şi care poate fi atins pe termen scurt.

Câteva acţiuni violente ar putea accelera cu folos procesul, limitându-se foarte bine la mărfuri. Numărul matelotilor de pe aceste gigantice portcontainere este surprinzător de mic; n-ar fi greu să fie evacuaţi la timp.

Mesianismul dumneavoastră militar va fi dispărut în întregime, iar lumea va putea respira mai bine.

Concurenţi redutabili vor apărea pentru Silicon Valley şi, într-o mai mică măsură, pentru Hollywood; dar Silicon Valley, ca şi Hollywoodul, vor păstra cote mari de piaţă.

China va înceta cu ambiţiile ei exagerate. Asta va fi cel mai greu; dar în cele din urmă China îşi va limita ambiţiile – la fel şi India. China nu a fost niciodată o putere imperialistă globală, India nici atât – spre deosebire de SUA; ambiţiile lor militare sunt locale. Ambiţiile lor economice, e drept, sunt globale. Au de luat o revanşă economică, o iau chiar acum, sunt motive de îngrijorare, iar Donald Trump are dreptate să nu se lase; dar, în cele din urmă, lucrurile se vor aşeza, ritmul lor de creştere se va reduce.

Toate acestea se vor întâmpla în timpul unei vieţi de om.

Trebuie să vă obişnuiţi cu ideea, stimat popor american: până la urmă, Donald Trump va fi fost pentru voi o încercare necesară. Orice s-ar întâmpla, veţi rămâne bineveniţi - ca turişti.

CONVERSAȚIE CU GEOFFROY LEJEUNE[1]

1. Jurnalist francez conservator (n. 1988), redactor-șef al revistei *Valeurs actuelles*.

Această convorbire a apărut în revista americană First Things *în mai 2019. Era o încercare de a răspunde la întrebarea „What the Catholic Church should do to restore its own splendor and repair our dilapidated civilisation“ („Ce ar trebui să facă Biserica Catolică pentru a-și recupera vechea strălucire și a repara civilizația noastră ruinată?“) A fost reluată în* La Revue des deux mondes, *în octombrie 2019.*

Liturghia

MH: Există în Franța, mulți americani probabil că nu știu, o mișcare penticostală; mi-am dat seama de asta când locuiam, la Paris, aproape de Porte de Montreuil, un cartier sărac la acea vreme, cu mulți imigranți recenți. Atras de afișe, m-am dus la mai multe evenimente – uneori animate de câte un teleevanghelist american aflat în turneu. Asistența era neagră în proporție de cel puțin 90%. E o amintire ciudată, aproape că aș putea să mă îndoiesc că am trăit acele momente. Oamenii dansau, cântau din toți bojocii, uneori vorbeau „în limbi“, dar nu foarte des, nu am avut niciodată senzația că asist la un delir colectiv sau că mă aflu într-o sectă. „Semnul de pace“, limitat în slujbele catolice la o scurtă strângere de mână, stingheră și glacială, a făcut loc aici unor nesfârșite și calde îmbrățișări. Iar la finalul evenimentului s-au împărțit bucate copioase.

„Dacă acești oameni sunt salvați“, cum aproximativ spunea (cu cruzime, dar cu îndreptățire) Nietzsche, „ar trebui să se vadă mai clar". Am înțeles în acele clipe că Biserica Catolică ar avea mult de câștigat dacă s-ar apropia de atmosfera sărbătorilor penticostale.

Mai ales că nu e deloc imposibil. Acest lucru a fost chiar încercat cu succes de comunitățile afiliate „renașterii carismatice". Am petrecut o săptămână în sânul uneia dintre ele, se numea pe atunci Comunitatea Leului lui Iuda și a Mielului Jertfit, și am întâlnit acolo aceeași efuziune și aceeași căldură. Erau aproape numai albi – spun asta pentru a stabili, dacă mai era nevoie, că atunci când vine vorba despre „treburile inimii" (iar religia este una dintre ele, în cel mai înalt grad), rasa nu este un element relevant.

O scenă asemănătoare poate fi găsită în minunatele pagini de final din *Împărăția Cerului* de Emmanuel Carrère, plasate de data aceasta în comunitatea Arche a lui Jean Vanier: mă refer la acel moment în care, dansând cu ceilalți în fața lui Élodie, tânăra cu trisomie, Jean Vanier întrezărește Împărăția.

Deși mi-au plăcut enorm aceste celebrări carismatice, am rămas cu o anumită stare de rău, pe care n-am înțeles-o decât datorită cărții foarte bune a lui Douglas Kennedy, *In God's Country*, care povestește ancheta desfășurată asupra renașterii creștinismului evanghelic în statele din Bible Belt. Ai uneori impresia, citindu-l, că această renaștere nu-i poate viza decât pe cei care au un istoric de alcoolism, droguri, prostituție sau pe cei fără adăpost; că nu se adresează persoanelor integrate, în general, în societate, care și-au petrecut copilăria într-o familie cât de cât iubitoare. De fapt, comunitatea Arche are drept vocație esențială îngrijirea handicapaților mintal; nici eu n-aș fi stat în Comunitatea Leului lui Iuda dacă n-aş fi fost pe atunci victima unei depresii severe, în parte legate de şomaj.

Per total, se pare că penticostalii, chiar dacă pot recupera fiinţe aflate pe marginea prăpastiei, sau uneori în situaţii chiar mai rele (ceea ce e deja un bine considerabil, doar Martorii lui Iehova ar mai putea fi comparaţi cu ei din acest punct de vedere), nu pot să facă ceea ce Biserica Catolică a reuşit perfect, vreme de secole: să organizeze funcţionarea societăţii în ansamblu.

GL: Mă duc la slujbă în fiecare duminică, de treizeci de ani, am cunoscut aproape toate stilurile liturgice. I-am frecventat pe „carismatici", mai ales la Comunitatea lui Emmanuel, şi am văzut, la fel ca dumneavoastră, oameni care dansau, cântau, vorbeau în limbi, pe scurt, care se dedau la fel de fel de efuziuni pe care le credem rezervate americanilor. Trebuie să recunosc că la aceste reuniuni domneşte o formă de bucurie, uneori puţin neliniştitoare, pentru că unii membri par posedaţi (comportamentul lor din serile aşa-zise de „vindecare" mă face să cred că nu poţi să te bucuri de această taină decât dacă te afli într-o stare jalnică). Dar niciodată nu m-am simţit atât de departe de Dumnezeu ca atunci: aveam optsprezece ani, nu eram nici bolnav, nici depresiv, şi am ajuns să cred că, din moment ce nu plângeam în hohote şi nici nu voiam să mă etalez la microfon în faţa unor necunoscuţi, nu eram deloc făcut pentru credinţă.

Există o rană care ar trebui oblojită de Biserică, aceea de a nu-l cunoaşte pe Dumnezeu sau de a nu şti cum să-l găsești. În anii 1960, când Beatles făcea lumea să danseze, Biserica s-a întrebat cum să continue vestirea Evangheliei. În 1962, a convocat conciliul Vatican II. Gurile rele spun că atunci cardinalii au venit cu barca și au plecat cu avionul: instituția începea să se modernizeze. Apropiindu-se de moravurile comune și vorbind limba epocii sale, Biserica avea impresia că poate menține legătura cu credincioșii derutați de revoluțiile liberală și sexuală. Schimbările au avut loc mai ales sub aspect liturgic: a fost abandonată latina, podoabele au fost simplificate, iar preotul s-a întors cu fața către mulțime.

Parohiile au investit în sintetizatoare electronice, iar tinerele au început să bată măsura în cor. Doar că drama modei este că se demodează. Șaizeci de ani mai târziu, sintetizatoarele sunt tot acolo, tinerele la fel, dar au îmbătrânit, iar vocile lor sunt acum tremurătoare - nici preoții nu le mai suportă. Doar parohiile dinamice din centrul orașelor scapă de această sărăcire a liturghiei, aici măcar poți asculta un chitarist de duminică încercând arpegii, chiar dacă asta îți amintește că nu oricine e Mark Knopfler.

Această fugă după modernitate este un eșec usturător, bisericile s-au golit în mare parte. Înainte de Vatican II, o treime dintre francezi declarau că merg la biserică în fiecare duminică. În 2012, cifra scăzuse la 6%, semn al unei schimbări culturale majore.

Probabil că fenomenele sunt legate: Biserica a încercat să se conformeze unei lumi care devenea tot mai urâtă. E un motiv serios de reproș: suntem îndreptățiți să așteptăm de la ea să ne arate calea indiferent de convulsiile epocii, să rămână aceeași. Să ne arate o cale, cea spre Dumnezeu, de pildă. Latina avea rolul de a marca diferența dintre limbajul cotidian și cel în care te adresezi creatorului. Tămâia care se ridică sub naos arată calea sufletului. Preotul, cu spatele la credincioși, era întors spre cer. Sacrul a fost eliminat pe furiș din biserici și a fost înlocuit cu o abordare cool festivă – e fantastic, dar exasperant de omenesc. Trebuie să spun, ca să nu existe confuzii, că am cunoscut și ultratradiționaliști pentru care tămâia, rugăciunile debitate în grabă în latină și orele petrecute în genunchi erau începutul și sfârșitul credinței: mie mi se par niște fanatici. Ce concluzie am putea trage de aici? Trebuie să fii în lume, dar nu al lumii, le spunea Isus ucenicilor. Biserica ar fi trebuit să-l ia mai în serios.

Organizarea socială

MH: Putem identifica în istoria gândirii o ciudată familie spirituală care admiră Biserica Romano-Catolică pentru capacitatea ei de a îndruma spiritual oamenii și mai ales pentru aceea de a organiza societățile umane, și care nu e formată din creștini.

Primul reprezentant al acestei tendințe, și cel mai remarcabil, este, desigur, Auguste Comte. În felul său inimitabil, Comte spune că denumirea de „protestant“ este *caracteristică*. Într-adevăr, un protestant nu știe să facă altceva decât să protesteze, e în natura lui. De Maistre, de la care Comte se revendică, scrisese deja că protestantul va fi republican în monarhie și anarhist în republică. Pentru de Maistre e chiar mai rău să fii protestant decât ateu. E posibil ca ateul să-și fi pierdut credința din motive respectabile, și l-ai putea readuce la ea, s-au mai văzut cazuri; dar protestantismul, scrie el, „e doar negație".

Cel mai remarcabil din punct de vedere intelectual din această familie de „catolici necreștini", Comte este și cel mai simpatic, din cauza megalomaniei lui pitorești care-l face până la urmă să tot repete chemarea adresată tuturor celor pe care-i consideră pregătiți să urmeze pozitivismul: conservatori, proletari, femei, țarul Nicolae I. În fond, se vedea foarte bine în locul papei de la Roma, de unde ar fi preluat întreaga organizație catolică; ar fi fost de ajuns ca toți catolicii să facă un lucru foarte simplu, în opinia lui: să se converteasca la credința pozitivă.

Revendicându-se, la rândul lui, de la Comte, Charles Maurras acordă prea multă importanță eficienței politice, ceea ce-l face să accepte compromisuri pe cât de dezastruoase, pe atât de imorale.

Cel mai interesant avatar contemporan din Franța al acestei tendințe este, desigur, Éric Zemmour. Ani de zile mi-a amintit de cineva, și nu-mi dădeam seama de cine. Recent, am rezolvat dilema: Zemmour este exact Naphta din *Muntele vrăjit*. Leon Naphta e poate cel mai fascinant iezuit din literatura lumii. În nesfârșita controversă dintre Settembrini și Naphta, Thomas Mann are o poziție ambiguă, se vede că nu-i este ușor. Naphta are indiscutabil dreptate în disputa cu Settembrini, din toate punctele de vedere; inteligența lui o întrece pe aceea a lui Settembrini, la fel cum inteligența lui Zemmour o întrece pe a actualilor săi adversari. Dar e la fel de limpede că toată simpatia lui Thomas Mann (din ce în ce mai limpede pe parcursul cărții) merge către Settembrini, iar acest bătrân palavragiu al umanismului italian ajunge să stoarcă lacrimi, ceea ce strălucitul Naphta este incapabil să facă.

Dacă schimbăm radical mediul, părăsind țărmurile Europei civilizate a anilor 1900 pentru a ajunge în inima isteriei rusești, putem să mai adăugăm o probă la dosar: celebra scenă din *Frații Karamazov* cu Isus și Marele Inchizitor, în care Dostoievski critică aspru Biserica Catolică, mai ales pe papă și pe iezuiți. Reîntors pe pământ, Isus este imediat întemnițat de autoritățile ecleziastice. Marele Inchizitor, venit să-l viziteze în celulă, îi spune că Biserica s-a organizat foarte bine fără el, că nu mai are nevoie de el – ba chiar că îi deranjează. Nu are altă opțiune decât să-l execute din nou.

Această scenă, în care Freud vedea „una dintre cele mai mari realizări din literatura mondială", aruncă cititorul catolic într-o neliniște adâncă și de durată. Ce s-ar întâmpla, într-adevăr, dacă Isus s-ar întoarce și ar hoinări pe străzile Romei, propovăduind și făcând minuni? Cum ar reacționa actualul papă?

GL: Éric Zemmour este foarte pasionat de istorie, dar va îngreuna considerabil sarcina istoricilor de peste câteva secole. Celor care se vor apleca asupra cazului său pentru a înțelege epoca noastră le va fi greu să tragă concluzii corecte: pentru că el întruchipează un curent intelectual foarte puternic în Franța, pe care l-am putea numi reacționar, dar e aproape singurul care apără aceste idei și e combătut cu înverșunare.

I se potrivește de minune postura de „catolic necreștin" despre care spuneați, e de fapt unul dintre ultimii de acest gen. În epoca lui Auguste Comte, și chiar mai târziu, erau mulți ca el, dintr-un motiv simplu: catolicismul se bucura, cel puțin în Europa, de hegemonie culturală, ca să vorbim în termenii comuniștilor italieni. Pe un continent creștin, unde catolicismul era adeseori și religia de stat, și baza culturală comună, marile spirite, credincioase sau nu, puteau să influențeze Biserica. Într-o epocă decreștinată, pe un continent care și-a uitat rădăcinile, cu sisteme juridice care încearcă să șteargă urmele religiei, „catolicii necreștini" sunt din ce în ce mai rari, aproape că nu mai există nici măcar catolici.

În general, mi se pare anacronic să regreți vremea controverselor pe tema credinței dintre marii gânditori. Până și Biserica a renunțat, odată cu retragerea din sfera publică, să joace un rol și să influențeze spiritele. În Franța, legea din 1905 a fost mult prea bine aplicată - puterea politică nu se gândea că va reuși, prin separarea Bisericii de stat, să opereze această gigantică radere în mai puțin de un secol. Biserica are partea ei de responsabilitate, chiar dacă a fost aspru combătută, pentru că s-a supus prea ușor. Acum plătește oalele sparte.

Dialogul interreligios

MH: Doctrina liberului examen și anarhia spirituală care decurge de aici face ca orice dialog cu protestanții să fie zadarnic, din lipsă de interlocutor. Situația e aceeași și în cazul islamului.

Anumite probleme puse de absența unei ierarhii spirituale sunt foarte limpezi în cartea lui Douglas Kennedy. În orășelul Enterprise (Alabama), baptiști albi și negri care frecventează biserici diferite nu se întâlnesc niciodată, în timp ce la vreo cincizeci de kilometri mai încolo, sub influența unui pastor local, toți se împărtășesc în cadrul acelorași sărbători. Într-o țară cu probleme rasiale atât de grave ca Statele Unite, nu e un inconvenient deloc minor. (Situația e și mai rea în islam, fracturat de la bun început de un război între două facțiuni, în care sunt posibile cele mai sângeroase derapaje. Dacă ar exista în islam o sancțiune asemănătoare cu excomunicarea, jihadismul ar dispărea în câteva săptămâni.)

Profund descentralizată, divizată în cincisprezece Biserici „autocefale" (independente material, dar cu exact aceeași credință), Biserica Ortodoxă a reușit să evite în sânul ei orice disensiune gravă, orice schismă. Cum a reușit acest lucru? Cred că pur și simplu prin faptul că este ortodoxă (sunt tentat să spun, la fel ca Auguste Comte, că denumirea de „ortodoxă" este *caracteristică*). Biserica Ortodoxă s-a mulțumit de-a lungul secolelor să mențină neschimbate liturghia și doctrina; a refuzat să se amestece cu treburile lumești.

GL: Absența clerului în celelalte religii explică în mare măsură dificultatea dialogului cu catolicii, dar mai există un motiv, cred eu: lipsa unei voințe comune. Sunt impresionat de această dorință arzătoare a catolicilor să se împace cu frații lor de alte credințe, văd aici un reflex moștenit din epoca în care dominau lumea.

Dialogul interreligios avea sens din perspectiva abia disimulată a cuceririi; o puteam numi, cu modestie, evanghelizare; uneori a luat forme destul de ostile. Într-o perioadă de repliere, acest dialog e un pur delir al catolicilor, conceput de catolici după criterii catolice, sub privirea sceptică a celorlalte religii.

E un capriciu vechi, a cărui apariție ar putea fi datată în secolul al XII-lea, când foarte influentul Pierre Abélard scrie *Dialogul dintre un filosof, un iudeu și un creștin.* Atunci au fost puse bazele dialogului interreligios, din punct de vedere catolic: se poate discuta de-acum cu toate monoteismele, se poate merge împreună, cu bunăvoință și toleranță. Unii ajung să creadă chiar că ne rugăm la același Dumnezeu, că numai ritualurile și obiceiurile diferă. Savanții, mai ales cei catolici, își vor dedica viața găsirii rațiunii de a crede, în timp ce teologii iudei și musulmani lucrează pentru a dovedi că credința lor este cea corectă.

În aceeași perioadă, catolicii se dau în vânt după Aristotel pe motiv că i-au moștenit filosofia de la arabo-musulmani și că ea face un fel de sinteză, în spirit grec, a celor trei monoteisme. Cele trei religii „avraamice“ lucrează împreună chiar la traducerea lui; în cercurile intelectuale, aproape că se visează la „reunificare". Acest curent optimist circulă prin tot Occidentul creştin, mai ales prin intermediul universităţilor.

Şapte secole mai târziu, Biserica duce mai departe această întreprindere, realizată sistematic din iniţiativa şi în detrimentul ei. Paul al VI-lea creează consiliul pontifical pentru dialogul interreligios (cu necreştinii), apoi ecumenismul devine o cauză de apărat. La slujbă, în timpul rugăciunii universale, avem un cuvânt pentru protestanţi şi ortodocşi, se speră regăsirea „unităţii". Ioan Paul al II-lea invită toate religiile la Assisi şi le conferă aceeaşi legitimitate - apoi va cere iertare în numele Bisericii pentru greşelile comise împotriva celorlalte religii. Acest dialog ajunge să semene cu parodiile noastre de dezbateri contemporane, pe care Philippe Muray le ia peste picior în aceşti termeni: „Discutăm fără să ne întrebăm despre ce, important e să ne întâlnim". Nu căutăm adevărul, ci consensul; acest lucru duce la confuzie, ceea ce are ca urmare o formă de sincretism hazardat, de relativism, ba chiar supunerea Bisericii.

Discutaţi cu un musulman, cu un evreu, ba chiar şi cu un protestant, vă va explica de ce religia lui deţine adevărul, de ce Mahomed este profetul, de ce Isus nu e Dumnezeu sau de ce Maria nu e fecioară. Catolicii par să fie singurii care se scuză că deţin adevărul. Un necredincios nu e foarte încurajat de atitudinea asta. Totuşi, dacă ne rezumăm la creştini, şi dacă ne luăm după Engels, potrivit căruia, „dincolo de un anumit număr, cantitatea devine calitate", există 1,2 miliarde de catolici, 900 de milioane de protestanţi şi 285 de milioane de ortodocşi, ceea ce instituie un raport de forțe favorabil și un început de negociere mai avantajos decât cel de la Assisi. Cel mai mult din învățătura lui Isus, se pare, catolicii au învățat să întoarcă și celălalt obraz.

Iadul

MH: S-a acordat poate prea multă importanță iadului. Și fără să mai deschid Biblia văd splendida descriere a Noului Ierusalim cu care se încheie Apocalipsa. Nu există nimic mai evocator de-atât în ceea ce privește chinurile damnaților; e vorba mai degrabă despre o „a doua moarte", despre nimicire pur și simplu.

Lectura - pasionantă - a lucrărilor lui Philippe Ariès ne învață că în Occident a avut loc o mutație la începutul secolului al XII-lea. În secolele anterioare, în epoca romană, morții care aparțineau de Biserică adormeau, la fel ca cei șapte adormiți din Efes, și se odihneau până la ziua celei de-a doua veniri, când se trezeau în Ierusalimul ceresc. Cât despre cei răi și despre păgâni, aceștia erau pur și simplu abandonați neființei. De fapt, având de-a face cu unii dintre ei, mi s-a părut mereu că oamenii răi trăiesc *deja* în iad și că anumite ființe umane, dacă le privim în ochi, sunt deja moarte.

„În această concepție", scrie Ariès, „nu era loc pentru răspunderea individuală, pentru numărarea faptelor bune și rele". Ideea Judecății de Apoi, a cântăririi sufletelor, apare abia la începutul epocii gotice.

GL: Cred că un mare număr de catolici au trăit multă vreme cu o anumită idee despre iad, care ar putea fi rezumată prin fresca realizată de Michelangelo în Capela Sixtină, *Judecata de Apoi*. Vedem acolo cum condamnații sunt duși cu luntrea lui Caron până la o poartă deschisă spre foc. Trupurile se întunecă pe măsură ce ne apropiem de ele, chipurile se schimonosesc, e apocaliptic, e iadul.

Această viziune înspăimântătoare îi face astăzi pe mulți să zâmbească. Rațiunea, ce-i drept, suportă greu ideea că păcătoșii vor fi condamnați să-și petreacă veșnicia prăjindu-se în compania unor drăcușori înarmați cu sulițe. Cu toate acestea, Michelangelo, care era orice numai ușă de biserică nu, nu s-a dat înapoi de la această reprezentare. Termină fresca în 1541, într-un secol creștin și pe un continent creștin, și duce superstiția atât de departe, încât strecoară acolo și un autoportret, el, păcătosul care speră să înduplece soarta. De ce să-ți fie frică de iad? La catedrala Notre-Dame din Paris, trecând de poarta Judecății de Apoi ajungem la o viziune și mai terifiantă. Nimeni nu e scutit, poți chiar distinge clerici eminenți și poți vedea condamnați care își pun ei înșiși lanțurile, dovadă că respingerea lui Dumnezeu și conștiința păcatului aduc damnarea...

După cinci secole, iadul nu mai există, iar lumea se împărtășește din ideea cântată de Michel Polnareff: „Vom merge cu toții-n rai". Să nu comparăm calitățile artistice ale pictorului și ale cântărețului; să spunem doar că o idee general acceptată (la începutul secolului XX credeam încă în iad) a dispărut în foarte puțin timp. Teama de iad i-a ţinut totuşi pe credincioşi într-o stare de febrilitate care i-a făcut să ducă o viaţă dreaptă aici, pe pământ. Am interpretat cu naivitate pariul lui Pascal: indiferent dacă Dumnezeu există sau nu, am tot interesul să duc o viaţă de credincios care să mă facă fericit pe pământ şi să mă ferească de iad, în cazul în care... Am întors pe dos acest pariu. Dacă iadul nu există, atunci diavolul nu există, răul nu există. Biserica se face vinovată că a încetat să propovăduiască ceea ce se numeşte „scopul ultim" şi în felul acesta a participat, prin omisiune, la campania de denigrare a vechilor credinţe. Unde e adevărul? Charles Baudelaire scria: „Cea mai mare viclenie a Diavolului este să ne convingă că nu există". Iată-ne aici.

Arta creştină

MH: Care sunt, mai exact, aceste secole de strălucire a Bisericii? Fiecare persoană are, după mine, epoca ei preferată şi cred că, mai mult decât puţinele mărturii scrise, arhitectura este cea care ne permite să luăm o decizie. Într-o mănăstire romanică mă simt împăcat, legat de divinitate. Catedralele gotice sunt diferite, frumuseţea ia acolo o dimensiune pe care Kant o va numi mai târziu *sublim* (frumuseţe însoţită de sentimentul pericolului, ca o furtună în mijlocul mării sau o vijelie pe vârful muntelui). Într-o biserică barocă nu mai e deloc aşa, mă simt ca într-un palat sau ca la teatru...

În linii mari, se pare că Biserica Romei a făcut mai multe greșeli la începutul secolului al XII-lea (separarea de Bisericile Răsăritene, încercarea de a împăca rațiunea și credința, încercarea de a se amesteca în chestiunile puterii seculare, accentul prea mare pus pe Judecata de Apoi și, în consecință, pe problemele morale), iar aceste greșeli au dus la catastrofele civilizaționale care au fost Renașterea greco-latină și, în special, protestantismul - care, prin acțiunea lor comună, aveau să ducă în mod necesar la Epoca Luminilor și, de aici, la prăbușirea întregului. Deci răul vine de departe.

GL: Dacă alegem să ne luăm după arhitectură, atunci există un aspect care ne-ar putea surprinde: pe vremea catedralelor, se ridicau lăcașuri de cult monumentale a căror construcție dura mai mult decât o viață de om. Catedralele din Reims, Chartres și Paris au fost construite în șaptezeci și cinci, o sută treizeci și patru, respectiv o sută optzeci și doi de ani. Pe vremea aceea, lumii nu-i plăceau lucrurile mici. Prin comparație, Trump Tower din New York a fost proiectat, construit și inaugurat în doar doi ani, între 1981 și 1983. S-ar putea spune că motorizarea, progresele tehnicii și materialele explică această diferență considerabilă. Treacă-meargă pentru afaceri, dar când vezi urâțenia bisericilor moderne, aceste nefericite cuburi de beton decolorat, uneori hidoase, care nu reușesc să domine linia orizontului trasată de clădirile dimprejur, înțelegi numaidecât că ceea ce ne deosebește de ctitorii creștinătății este această „gândire funcțională" pe care o avem, în loc să-i închinăm construcția lui

Dumnezeu. Era mai bine înainte, când supranaturalul se vedea peste tot, chiar şi în turlele catedralelor îndreptate spre cer.

Dacă extindem această observaţie la artă în general, lucrurile stau şi mai rău. Artiştii europeni, credincioşi sau nu, au găsit în sacru o inspiraţie nemărginită pentru a iriga cu geniul lor secolele de creştinătate. Totul era legat, omogen. Personaj scandalos, capricios şi scandalagiu, Caravaggio a fost reabilitat de papă - după ce fusese condamnat la moarte în contumacie şi trăia în exil în afara Romei - datorită talentului său (şi câtorva relaţii la nivel înalt, ce-i drept). Când intri în Saint-Louis-des-Français, vezi în cele trei tablouri consacrate vieţii Sfântului Matei minunatele roade ale acestei complicităţi între cler şi artişti. Ar trebui să comparăm această epocă, în ceea ce priveşte arta sacră, cu epoca noastră? Serios acum, hai să câştigăm timp şi să evităm o dezbatere falsă.

Ştiinţa

MH: Daunele produse de afacerile Galileo şi Darwin ar fi putut lăsa speranţa unei acalmii în raporturile dintre ştiinţă şi Biserica Catolică. Acest pasaj din enciclica *Fides et Ratio* (1998) pare să dovedească, din păcate, că nu e cazul: „În cadrul cercetării ştiinţifice, s-a ajuns la impunerea unei mentalităţi pozitiviste care nu doar că s-a îndepărtat de orice referire la perspectiva creştină asupra lumii, dar care a abandonat, mai presus de toate, orice referire la gândirea metafizică și morală".

Pascal (el însuși om de știință și matematician talentat, care știa cum stau lucrurile cu metoda științifică) scrie în *Cugetările* sale: „Trebuie să spunem în linii mari: «A făcut-o dând lumii chip și mișcare», căci e adevărat. Dar când e să demonstreze cum și în ce fel, devine ridicol. Căci este inutil, nesigur și penibil"[1].

Acest pasaj, pozitivist „*avant la lettre*", arată clar că știința nu conduce în nici un caz la materialism și cu atât mai puțin la ateism (materia, la fel ca Dumnezeu, de altfel, nu este în ochii pozitivistului decât o pură ipoteză metafizică, exclusă din câmpul științei) și, în consecință, că știința nu este în nici un caz un pericol pentru credință (dar nici o oportunitate, de altfel); sunt două domenii complet separate de viața intelectuală umană și condamnate de natură să rămână așa.

GL: Spiritele raționale, din ce în ce mai numeroase pe măsură ce vremurile au devenit carteziene, acceptă doar în anumite momente rare că viața lor ascunde și o parte de mister, ba chiar uneori simt și nevoia de supranatural. Nimeni nu este scutit în realitate: în momentele în care se confruntă cu inexplicabilul, omul este cel mai înclinat să se îndrepte către religios. Probabil că biserica nu este niciodată mai convingătoare ca atunci când este alături de

---

1. Pascal, *Cugetări*, ediția Brunschvicg, traducere de Maria și Cezar Ivănescu, Aion, Oradea, 1998, p. 186.

o familie îndoliată. Momentul în care preotul consolează inimile, momentul în care se adresează unei familii adunate în jurul unui sicriu este fără îndoială momentul în care Biserica este cu adevărat legitimă.

Cred de asemenea că rațiunea și credința pot fi împăcate, dar nu putem decât să constatăm că, mai ales în fața morții, rațiunea a biruit credința. Spiritul științific, neputând să-și imagineze viața după moarte, a eliminat pur și simplu această idee. Statistica ilustrează pierderea influenței catolice în această privință: în Franța, în 1975, puțin peste două mii de oameni alegeau incinerarea, pe care Biserica abia începuse s-o tolereze; acum sunt mai mult de două sute de mii pe an, iar un francez din doi spune că preferă această opțiune în caz de deces.

Dacă Biserica nu mai este o referință în clipa morții, cum să te miri că epoca aceasta te împinge la disperare? Vestirea vieții veșnice este probabil cel mai minunat mesaj pe care catolicii îl pot adresa lumii, care are atât de mare nevoie de el.

Puterea politică

MH: Preceptul de „a da Cezarului ce-i al Cezarului“ era limpede; nu mi se pare că Biserica Catolică l-a aplicat cu destulă rigoare.

Lipsită complet de orice temei teologic, schisma anglicană își are originea în refuzul Papei Clement al VII-lea de a anula căsătoria lui Henric al VIII-lea. Slăbit de această luptă, clerul anglican s-a arătat incapabil să controleze dezvoltarea puritanismului. Fără încăpățânarea lui Clement al VII-lea, Statele Unite ar fi putut fi astăzi o țară catolică; bună treabă. Și alte intervenții de același ordin au avut consecințe la fel de nefericite. Căsătoriile regale constituiau un caz aparte, în care considerațiile geopolitice își aveau în mod necesar locul lor – și orice prelat de inteligență medie ar fi trebuit să înțeleagă acest lucru. Mariajele regale de astăzi nu sunt altceva decât o sărbătoare folclorică, dar Biserica Catolică nu a renunțat niciodată să se amestece în guvernarea statelor (să intervină, de pildă, în politica de imigrare), iar asta a ajuns, trebuie s-o spunem, să enerveze pe toată lumea.

GL: Cu acest „a da Cezarului ce-i al Cezarului", Isus inventează laicitatea; problema este că preceptul a fost aplicat de catolici cu prea mult zel. Istoria ultimului secol ar putea fi rezumată astfel: o decreștinare masivă a aproape întregului Occident, mai ales a Europei, unde am desființat în câteva decenii tot ceea ce construiserăm în cincisprezece secole. Putem reproșa orice Bisericii Catolice, dar la începutul secolului XX ea încă juca un rol politic și, mai ales, era majoritară din punct de vedere cultural. În Franța, drama apare în 1905, odată cu legea separării Bisericii de stat, concepută pentru a-i stopa influența și a-i distruge spiritul. Marele principiu al acestei laicități *à la française* este în fond compatibil cu cel enunțat de Isus: există o credință interioară, iar din acest punct de vedere libertatea se păstrează, și există un spațiu public, în care religiosul nu-și mai poate exercita influența. Conform acestei separații, statul este laic, desigur, dar nicăieri nu se spune că societatea trebuie să fie atee. Problema este că Biserica a acceptat ideea că e vânată și a abandonat lupta pe toate fronturile.

Influența ei politică a scăzut rapid, dar mai presus de toate biserica a abandonat ceea ce se numește „catolicismul social", care-i dădea o bază populară. Multă vreme, oamenii s-au scăldat într-o baie culturală catolică. Ziua le era ritmată de clopote, mergeau la anumite slujbe și se întâlneau la liturghia de duminică. Chiar dacă, în adâncul conștiinței, nu erau neapărat animați de o credință puternică, recurgeau la serviciile preotului în momentele importante ale vieții lor: căsătoria, boala, moartea. Îmi place foarte mult ideea „credinței minerului", descrisă uneori de Balzac ca faptul de a o „iubi pe Sfânta Fecioară cum o iubești pe mama ta": o evlavie filială, o legătură lipsită de reflecție teologică sau filosofică, o fidelitate față de istorie și rădăcini, nu neapărat o revelație mistică. Mă încadrez perfect în această categorie; această credință simplă a fost liantul unei civilizații.

După 1905, în timpul vastei mișcări de retragere, Biserica a făcut o confuzie între „dispariția din sfera publică" și „dispariția pur și simplu". A dispărut din lume. Altădată, guverna sufletele; astăzi, influența ei politică este nulă, iar rolul ei în societate se reduce la aproape zero: poți trăi în Franța fără să vezi un preot toată viața. N-au dispărut, dar înainte îi vedeai pentru că purtau sutane și organizau procesiuni în timpul marilor sărbători religioase, în vreme ce astăzi se îmbracă civil și se ascund ca pe vremea catacombelor.

Iar Biserica pare să se scuze că încă există. Am trăit recent, în Franța, o mare mișcare de insurecție din partea celor care ar putea fi numiți „rămașii în urmă ai mondializării", vestele galbene. Acești oameni dădeau glas unei furii venite de departe și erau susținuți de majoritatea populației. Un fenomen social de acest tip nu poate scăpa nici unei instituții care pretinde că are un proiect pentru oameni. Incapabilă să exercite o influență politică, Biserica ar fi putut juca rolul de a oferi un proiect spiritual pentru toți cei care luptă împotriva pierderii globale de sens. În Franța există o sută patru dioceze și tot atâția episcopi, reprezentanții Bisericii în țară. Doar unul, unul singur a considerat de cuviință să meargă să se întâlnească cu vestele galbene. Se putea face mai mult.

Sexualitatea

MH: Interesul Bisericii Catolice față de sexualitatea credincioșilor mi se pare evident exagerat. Dar acest lucru nu se întâmpla la începuturile creștinismului. Sfântul Pavel este, ca de obicei, ireproșabil, „mai bine este să se căsătorească decât să ardă", și uneori sublim, „vor fi amândoi un trup"[1]. Lucrurile se strică decisiv odată cu Sfântul

---

1. Această a doua formulare apare, de fapt, în Evanghelia după Marcu, 10:8.

Augustin, dar câteva secole nu apar nici un fel de consecințe. Lucrurile degenerează cu adevărat abia în epoca modernă, probabil că și din cauza contaminării cu protestantismul și puritanismul care a rezultat din el. Ne aflăm încă acolo, și mărturisesc că mi se face rușine când aud diverși prelați care se împotrivesc utilizării prezervativului, chiar și în cazurile de SIDA; pentru numele lui Dumnezeu, ce-i rahatul ăsta?

Am de multă vreme impresia că Biserica Ortodoxă a fost mai înțeleaptă în această privință și a știut să păstreze această atitudine tolerantă specifică și Bisericii Catolice timp de multe secole. Dar era o impresie difuză, pe care m-am chinuit s-o justific cu ajutorul unui text (tocmai pentru că ortodocșilor le repugnă să se exprime asupra acestei chestiuni, în ochii lor secundare), până ce am dat de un articol al lui Olivier Clément (hotărât lucru, trebuie revenit mereu la autorii buni) în care apare acest citat, sclipitor pentru mine, din Athenagoras I, patriarh al Constantinopolului: „Dacă un bărbat și o femeie se iubesc cu adevărat, nu am de ce să intru în odaia lor, tot ce fac ei este sfânt".

GL: Biserica Catolică este într-adevăr considerată puritană și moralizatoare, enervantă, ca să vorbim pe șleau. E în același timp logic și nedrept. Ea își joacă rolul, cred eu, atunci când arată calea spirituală, dar și pe cea morală; iar unitatea trupului, a minții și a sufletului, pe care ea o propovăduiește, o îndreptățește să intervină în domeniul sexualității. Prefer, în această privință, ca ea să vorbească, și prea mult chiar, și ca papii (ca Paul al VI-lea în enciclica *Humanae*

Vitae sau Ioan Paul al II-lea, cu a sa teologie a trupului) să se exprime pe această temă, nu să mențină o relație ipocrită și confuză cu subiectul ca în islam.

Pe măsură ce se pipernicesc, catolicii încep să semene cu niște părinți cicălitori, concepția lor despre iubire e ca un câmp de interdicții, iar felul în care își transmit mesajele îi izolează de lume. Ceea ce se uită, poate și din cauză că Biserica nu insistă atât cât ar trebui asupra acestui subiect, este că învățătura ei arată o cale despre care se presupune că duce la cer, dar și la fericirea pe pământ. Omul este păcătos dintotdeauna, și Dumnezeu îl iartă, dar necredincioșii au uitat asta. Dacă și-ar regăsi înrâurirea asupra inimilor, Biserica ar putea transmite acest mesaj. Suntem la ani-lumină.

Poate Biserica Catolică să-și recapete vechea strălucire?

MH: Dacă ar fi să vorbesc din punctul de vedere partizan al confesiunii ortodoxe, aș fi tentat să consider că Biserica Catolică este cea „schismatică de Roma". Roma a fost cea care s-a separat, care a devenit infatuată, care a cerut primatul mondial – și care l-a obținut. Dacă urmărim îndeaproape mișcarea de colonizare occidentală (pe care, de altfel, o condamn în totalitate, dar asta e o altă poveste), vedem că ea a cucerit mari dioceze. Apoi s-a lăsat contaminată de protestantism și s-a angajat într-un lung proces de sinucidere.

Poate Biserica Catolică să-și recapete vechea strălucire? Da, se poate, nu știu.

Ar fi bine să se îndepărteze definitiv de protestantism și să se apropie de ortodoxie. Integrarea completă ar fi cea mai bună soluție, dar nu va fi ușor. Problema *Filioque* poate fi ușor rezolvată de teologi competenți. Astăzi nu se mai pune problema instalării baronilor independenți în Orientul Mijlociu, până și Donald Trump a lăsat chestiunea în aer. Dar pentru episcopul Romei va fi greu să renunțe la ambiția universală, îi va fi greu să accepte un primat doar onorific asupra patriarhiilor din Constantinopol sau Antiohia.

În cel mai rău caz, Biserica Catolică ar trebui, imitând modestia ortodoxă, să-și limiteze intervenția în acele domenii care nu fac parte din jurisdicția ei (am menționat deja cercetarea științifică, guvernarea politică, iubirea omenească).

Să renunțe la mania de a organiza concilii, care nu sunt nimic altceva decât o oportunitate de a declanșa schisme.

Și să renunțe la enciclice, să-și înfrâneze inventivitatea doctrinară (Imaculata Concepție și mai ales infailibilitatea papală se ciocnesc prea tare cu rațiunea; rațiunea este un animal mare și liniștit, care adoarme ușor la ora slujbei; dar nu trebuie provocat inutil).

Se poate inspira de la penticostali, la fel cum muzica pop s-a inspirat din gospel și blues; pe de altă parte, nu trebuie uitată nici doza necesară de nebunie, în varianta rusească e vorba de Dostoievski: „Dacă trebuie să aleg între Hristos și adevăr, îl aleg pe Hristos“ – în varianta franceză, îl avem pe Blaise Pascal.

Totul se rezumă în fond la faptul că Biserica Catolică a acordat rațiunii, de-a lungul istoriei sale, o prea mare importanță (acest lucru s-a accentuat de-a lungul secolelor, probabil, și poate că insist prea mult, dar nu prea cred, sub influența protestantismului). Omul este o ființă rațională – dacă vrem, chiar așa și este, uneori. Dar înainte de toate este o ființă de carne și de emoție. Ar fi bine să nu uităm asta.

GL: Poate Biserica Catolică să-și recapete vechea strălucire? Da, fără îndoială, dar drumul e lung.

Dacă ar trebui să facem un rezumat al ultimelor decenii, am putea spune că Biserica, după ce și-a pierdut puterea temporală, a încercat să supraviețuiască făcându-se tolerată; s-a adaptat astfel în mod esențial la derivele unei lumi pe care tocmai ea se presupune că ar trebui s-o salveze. Această inversare de rol a dus-o, de fapt, la sinucidere, dar chiar și în ochii lui Dumnezeu există, după această atitudine tragică, o posibilitate de salvare: sfântul părinte de la Ars i-a spus într-o zi unei mame disperate de sinuciderea fiului său că, între podul de pe care s-a aruncat și locul în care s-a înecat, acesta a avut destul timp să regrete și să se întoarcă cu fața spre milostenia divină.

Pentru a salva ceea ce mai poate fi salvat ar trebui să ne despărțim de relativismul la modă începând cu anii 1960. Poate că Biserica și-ar recăpăta puțin din strălucire dacă ar înceta să vrea să fie cool și ar propovădui iar frica de Dumnezeu, fără de care nu există iubire; la fel s-a întâmplat și în cazul educației copiilor, autoritatea parentală a fost subminată, cu aceleași consecințe.

Poate că Biserica ar trebui să-și domolească fascinația față de alte religii. În privința protestantismului, cum să tolerezi niște cai troieni precum secretarul general al conferinței episcopilor din Italia, Monseniorul Nunzio Galantino, care spunea cu puțină vreme în urmă că „Reforma lansată de Martin Luther acum cinci sute de ani a fost un eveniment al Sfântului Duh"? Precizez că este un apropiat al papei și cheamă la o nouă Reformă. Papa Francisc a înmulțit chiar el semnele trimise către musulmani, dovadă fiind recenta sa călătorie în Emiratele Arabe Unite, iar în ziua alegerii sale a avut grijă să se numească un simplu „episcop al Romei", o dovadă de bună credință adresată de această dată ortodocșilor.

Ar fi poate util să ne debarasăm și de alte mafii, ca de pildă lobby-ul gay de la Vatican, francmasonii, cei care deconstruiesc doctrina tradițională a Bisericii etc.

Ar trebui să terminăm cu permanenta căutare a emoției; din acest punct de vedere, Biserica nu se poate lupta cu concertele și cinematografele; dar dacă se limitează la misiunea de a-l vesti pe Domnul și de a-i conduce pe oameni către viața veșnică, atunci Biserica rămâne absolut indispensabilă.

Poate că Biserica și-ar recâștiga oarecum credibilitatea dacă ar înceta să se mai considere un ONG caritabil, dar care nu-și asumă sursa generozității, adică pe Hristos. În politică, ar avea de câștigat dacă n-ar mai discredita moral anumite guverne (criticile papei la adresa felului în care a gestionat ministrul de Interne Matteo Salvini criza imigranților sunt un bun exemplu).

În general, de când a devenit minoritară, Biserica din Europa s-a retras în nuclee dure, foarte omogene din punct de vedere sociologic, s-a constituit aproape într-o clasă socială și s-a rupt de majoritatea sufletelor.

Îmburghezirea este poate cel mai mare flagel care a lovit Biserica la începutul secolului XXI.

MH și GL: Nu am răspuns la a doua parte a întrebării dumneavoastră: „Restaurarea vechii străluciri a catolicismului poate să repare civilizația noastră ruinată?“ Aici suntem de acord, e mult mai simplu, aproape evident: răspunsul este da.

UN PIC MAI RĂU

Răspuns unor prieteni

Această scrisoare a fost citită de Augustin Trapenard la postul de radio France Inter, în 4 mai 2020.

Trebuie să mărturisesc: majoritatea e-mailurilor schimbate în ultimele săptămâni au avut ca obiectiv principal să verifice dacă interlocutorul este mort sau pe moarte. Dar, după această verificare, am încercat să ne spunem lucruri interesante, ceea ce n-a fost prea ușor, pentru că această epidemie a reușit performanța de a fi în același timp și angoasantă, și plictisitoare. Un virus banal, înrudit fără nici un prestigiu cu virușii gripali obscuri, cu condiții de supraviețuire puțin cunoscute, cu caracteristici fluctuante, ba benign, ba mortal, nici măcar cu transmitere sexuală: pe scurt, un virus fără mari calități. Această epidemie a făcut mii de morți pe zi în întreaga lume, dar a lăsat mereu curioasa impresie că este un non-eveniment. De altfel, stimații mei confrați (unii sunt, totuși, stimați) n-au prea vorbit despre ea, preferând să abordeze problema izolării; și mi-ar plăcea să-mi aduc și eu contribuția în legătură cu unele dintre observațiile lor.

Frédéric Beigbeder (din Guéthary, Pyrénées-Atlantiques). Un scriitor nu se întâlnește oricum cu prea multă lume, trăiește ca un pustnic cu cărțile lui, izolarea nu schimbă mare lucru. Total de acord, Frédéric, când vine vorba de viaţa socială, nu schimbă aproape nimic. Dar există ceva ce uiţi să iei în considerare (probabil pentru că, trăind la ţară, eşti mai puţin victima interdicţiilor): un scriitor are nevoie să se plimbe.

Această izolare mi se pare ocazia ideală pentru a tranşa vechea ceartă Flaubert-Nietzsche. Undeva (am uitat unde), Flaubert spune că nu se gândeşte şi nu se scrie bine decât aşezat. Nietzsche protestează şi îl ia în zeflemea (nici aici nu mai ştiu unde), ajunge chiar să-l numească nihilist (aşadar, se întâmpla în perioada în care începuse deja să folosească termenul alandala): el şi-a conceput toate operele în timp ce mergea, tot ceea ce nu este conceput în timpul mersului e zero barat, de altfel, a fost mereu un dansator dionisiac etc. Deşi nu pot fi suspectat de simpatie exagerată pentru Nietzsche, trebuie să recunosc că, în acest caz, mai degrabă el are dreptate. Nu e deloc recomandat să încerci să scrii dacă nu ai posibilitatea, de-a lungul zilei, să ieşi şi să mergi câteva ore, în ritm susţinut: tensiunea nervoasă acumulată nu reuşeşte să se disipeze, gândurile şi imaginile continuă să revină dureros în sărmanul cap al autorului, care devine repede iritabil, ba chiar nebun.

Singurul lucru care contează cu adevărat este ritmul mecanic, maşinal al mersului, care nu are ca primă raţiune apariţia unor idei noi (deşi se poate întâmpla şi asta mai apoi), ci calmarea conflictelor induse de şocul ideilor născute la masa de lucru (iar aici Flaubert nu greşeşte în totalitate); când vorbeşte despre concepţiile lui elaborate pe pantele stâncoase de dincolo de litoralul de la Nisa, din câmpiile de la Engadine etc. Nietzsche divaghează un pic: dacă nu scrii un ghid turistic, peisajele traversate au mai puțină importanță decât peisajul interior.

Catherine Millet (în mod normal pariziancă, dar care se afla din întâmplare la Estagel, în Pirineii Orientali, în clipa în care a căzut ordinul de imobilizare). Situația actuală îi aduce aminte fără prea multă plăcere de partea de „anticipație" a uneia dintre cărțile mele, *Posibilitatea unei insule*.

Aici mi-am spus că e bine totuși să ai cititori. Pentru că eu nu mă gândisem să fac legătura, deși e foarte clară. De fapt, dacă mă gândesc mai bine, exact asta aveam atunci în minte cu privire la extincția omenirii. Nimic asemănător cu un film de mare succes. Ceva destul de monoton. Indivizi care trăiesc izolați în celulele lor, fără contact fizic cu semenii, doar niște schimburi pe calculator, din ce în ce mai puține.

Emmanuel Carrère (Paris-Royan; pare să fi găsit un motiv valabil pentru a călători). Oare vor apărea cărți interesante inspirate din această perioadă? se întreabă el.

Și eu mă întreb. Chiar mi-am pus întrebarea, dar în adâncul meu nu cred că vor apărea. Despre ciumă avem o groază de chestii, de-a lungul secolelor, ciuma a fost de mare interes pentru scriitori. Acum, am îndoielile mele. Nu cred nici o secundă în declarațiile de genul „nimic nu va mai fi ca înainte". Dimpotrivă, totul va rămâne exact la fel. Modul în care s-a derulat epidemia e chiar remarcabil de normal. Occidentul nu este pentru eternitate, din dreptul divin, zona cea mai bogată și mai dezvoltată din lume; s-a terminat deja cu toate astea de ceva vreme, nu mai are nimic dintr-un breaking news. Dacă ne uităm cu atenție, putem vedea că Franța se descurcă ceva mai bine decât Spania și Italia, dar nu la fel de bine ca Germania; nici aici nu e vreo mare surpriză.

Coronavirusul, dimpotrivă, ar trebui să aibă ca rezultat accelerarea anumitor mutații în curs. De câțiva ani, toate evoluțiile tehnologice, indiferent că sunt minore (video la cerere, plata contactless) sau majore (telemunca, rețelele sociale, cumpărăturile online), au avut ca principală consecință (principal obiectiv?) reducerea contactului material și mai ales a celui uman. Epidemia de coronavirus a creat un cadru magnific pentru această direcție împovărătoare: o anumită obsolescență ce pare să afecteze relațiile interumane. Ceea ce mă duce cu gândul la o comparație revelatoare pe care am găsit-o într-un text împotriva reproducerii asistate medical redactat de un grup de activiști care se numesc „Cimpanzeii viitorului" (i-am descoperit pe internet; n-am zis niciodată că internetul ar avea numai dezavantaje). Deci, citez: „În scurt timp, să faci copii tu însuți, gratuit și la întâmplare, va părea la fel de ciudat ca autostopul fără o platformă web". *Carpooling*, cazare la comun, avem utopiile pe care le merităm, dar să trecem peste asta.

Ar fi la fel de fals să spunem că am redescoperit tragedia, moartea, finitudinea etc. De mai bine de jumătate de secol, după cum spune Philippe Ariès, avem tendința de a ascunde moartea cât mai mult; ei bine, niciodată moartea nu a fost atât de discretă ca în ultimele săptămâni.

Oamenii mor de unii singuri în saloanele de spital sau în căminele de bătrâni, sunt imediat îngropați (sau incinerați? Incinerarea pare mai potrivită cu spiritul vremurilor), fără să asiste nimeni, în secret. Moarte fără ca nimeni să fie martor, victimele nu sunt decât unități în statistica deceselor zilnice, iar angoasa se răspândește în populație pe măsură ce totalul urcă la un număr ciudat de abstract.

O altă cifră a căpătat o importanță deosebită în aceste săptămâni, aceea a vârstei bolnavilor. Până la ce vârstă ar trebui reanimați și îngrijiți? Șaptezeci, șaptezeci și cinci, optzeci de ani? Asta depinde, se pare, de regiunea lumii în care locuiești; dar niciodată nu s-a mai spus cu o nerușinare atât de senină că viața nu are aceeași valoare pentru toată lumea; că începând de la o vârstă încolo (șaptezeci, șaptezeci și cinci, optzeci de ani?) e ca și cum ai fi deja mort.

Toate aceste tendințe, după cum spuneam, existau deja înainte de coronavirus; acum doar au devenit mai evidente, atâta tot. Nu ne vom trezi, după izolare, într-o lume nouă; va fi la fel, doar că un pic mai rău.

CAZUL VINCENT LAMBERT[1] N-AR FI TREBUIT SĂ EXISTE

1. Vincent Lambert este un bărbat născut în 1976 care, în urma unui accident din 2008, a intrat într-o comă profundă şi a fost menţinut în viaţă cu ajutorul aparatelor. Justiţia autorizează întreruperea tratamentului medical abia în 2019, iar bărbatul moare opt zile mai târziu. Acest caz a contribuit la dezbaterile despre eutanasie din Franţa.

Acest text este prefața cărții lui Emmanuel Hirsch Vincent Lambert, une mort exemplaire? *(Le Cerf, iunie 2020).*

Dar a existat, iar cartea profesorului Hirsch, care reia articolele pe care i le consacrase începând cu 2014 și până la tragicul deznodământ din 2019, scoate la lumină mizele reale. Există totuși ceva care nu funcționează cum trebuie în mass-media: acestui caz i-au fost dedicate zeci de ore, pe toate canalele, fără ca din mintea publicului larg să fie îndepărtată ideea că „am redeschis dezbaterea despre sfârșitul vieții". Când de fapt nu era deloc vorba despre asta, sau cel puțin n-ar fi trebuit să fie. Pentru a ne convinge, e destul să observăm că o bună parte din pacienții cu stare vegetativă menținută-stare de minimă conștiență (stare analoagă celei în care s-a aflat Vincent Lambert) ajung astfel după un traumatism cranian, în cele mai multe cazuri accidental. Dacă te dai cu scuterul fără cască, de pildă, te poți trezi într-o stare vegetativă. E destul de clar că aici nu e vorba despre bolnavi aflați „la sfârșitul vieții", nici de bătrâni (la momentul accidentului de circulație, Vincent Lambert avea treizeci și doi de ani). E vorba de pacienți handicapați, victime ale unui handicap foarte sever, unul dintre cele mai severe care există, și singura întrebare care se pune este dacă societatea noastră are datoria să se ocupe de ei, să-i îngrijească și, în cazul în care îmbunătățirea stării lor de sănătate este imposibilă, să-i mențină în viață.

Răspunsul la această întrebare este da, din rațiuni morale evidente (dacă societatea noastră ar răspunde negativ, din acel moment aș fi obligat să mă distanțez de ea). În cazul de față, până acum, legea civilă coincide perfect cu legea morală, profesorul Hirsch amintește acest lucru foarte limpede în introducere, citând termenii Legii din 4 martie 2002, referitoare la drepturile bolnavilor. Mai mult, circulara Kouchner din 3 mai 2002, care stabilește normele de aplicare ale acestei legi, prevede crearea de unități dedicate pacienților aflați în stare vegetativă menținută-stare de minimă conștiență și stabilește repartizarea lor pe teritoriul național.

De aici apare o primă întrebare sâcâitoare, pe care profesorul Hirsch o abordează încă din introducere și la care revine de-a lungul cărții: cum se face că Vincent Lambert nu a fost transferat niciodată într-o astfel de unitate specializată (există aproximativ o sută cincizeci în Franța)? La originea acestei întrebări se află o enormă greșeală a instituției medicale. Timp de șapte ani, Vincent Lambert a fost privat de kinetoterapia și ortofonia de care avea nevoie. Închis în camera lui, nu a avut dreptul să se plimbe în scaunul cu rotile, aceasta nefiind o simplă îngrijire de „agrement“ (deși o astfel de îngrijire ar fi oricum justificată în sine), ci un tip de îngrijire care poate ajuta, prin multiplicarea stimulilor senzoriali, la recuperarea capacității neurologice a bolnavului. De altfel, există exemple de recuperare târzie, chiar și după o lungă perioadă de stare vegetativă. Sunt rare, foarte rare, dar există, iar această speranță, oricât de mică, dar reală, susține uneori ani de zile moralul familiei. Nici o analiză imagistică cerebrală, oricât de sofisticată ar fi ea, nu poate spune cu certitudine că recuperarea este imposibilă; în acest domeniu, la fel ca în altele, ne aflăm la limita științei medicale. Prin urmare, nu putem să le cerem prea mult experților; ca practicieni, ei sunt somați cu brutalitate de instanțele care îi cheamă să stabilească un diagnostic utilizabil; iar ca oameni de știință, pot (și chiar trebuie, din punct de vedere strict științific) să-și exprime îndoielile.

Dar chiar și în cazul în care starea vegetativă ar fi considerată complet ireversibilă, tot ar rămâne de datoria noastră să avem grijă de acești pacienți, să le asigurăm cele mai bune condiții de viață. Nimeni nu știe ce gânduri se formează în creierul lor. Au o alternanță veghe-somn, dar nimeni nu știe dacă visează; iar o viață alcătuită din vise, pentru mine, merită deja trăită. Orice persoană care a încercat să scrie o carte știe despre ce vorbesc: uneori ajungi, parțial (insist asupra lui „uneori" și „parțial"), să comunici prin scriitură lucruri pe care altfel nu le-ai putea comunica; iar ceea ce scrii nu este decât un ecou slab a ceea ce îți imaginaseși să scrii. În sfârșit, pentru a spune mai direct: viața interioară a unui om nu poate fi redusă la relațiile cu cei din jur.

Anturajul, familia... Fără îndoială că aspectul de „tragedie de familie" explică extraordinara frenezie mediatică din jurul acestui caz. Am avut aici tot ceea ce-i place presei: demnitate, iubire, lacrimi, ba chiar și catolici integriști... Ar fi foarte util, în această etapă, să amintim câteva principii: Vincent Lambert era un individ liber, o ființă umană în toate accepțiunile termenului (și, în plus, cetățean francez). Nimeni (nici soția, nici mama, nici vreunul dintre frații sau surorile lui, nici măcar medicii) nu avea dreptul să decidă asupra vieții lui, nimeni nu avea dreptul să spună dacă viața lui „merită să fie trăită" sau nu. Absolut nimeni.

Cu toate acestea, s-au luat decizii în locul lui. Nu lăsase „instrucțiuni prealabile", și de ce-ar fi făcut-o? Lași instrucțiuni prealabile când îmbătrânești, când ești bolnav, în perspectiva unei agonii apropiate; nu când ai treizeci de ani și riști un accident de mașină.

Nu doar că instituția medicală nu și-a reparat niciodată greșeala, nu doar că Vincent Lambert și-a petrecut ultimii zece ani din viață într-o unitate de îngrijiri paliative unde nu avea ce să caute, dar această instituție a încercat, din 2013 încoace, să-l omoare pe baza unui diagnostic ridicol de la bun început, conform căruia și-ar fi manifestat „dorința de a muri". Cum ar putea un pacient a cărui stare se caracterizează printr-o mare dificultate de a comunica până și lucrurile cele mai simple să împărtășească o astfel de dorință? E de o absurditate patentă.

Spitalul Universitar din Reims a scăpat cu greu de Vincent Lambert, în parte din cauza încăpățânării lui de a supraviețui (mai întâi, încetarea alimentației: treizeci și una de zile fără să mănânce), dar mai ales din cauza intervenției justiției. Va fi fost nevoie de nu mai puțin de patru proceduri „colegiale" (vom vedea în această carte ce trebuie gândit despre „colegial"), dintre care ultima a fost întreruptă de două ori, pentru a se ajunge la deznodământul fatal. Telenovela juridică a implicat tribunalul de contencios administrativ de la Châlons-en-Champagne (de mai multe ori), Consiliul de Stat, Curtea Europeană a Drepturilor Omului, diferite curți de apel, Curtea de Casație. Toate acestea, pe fundalul deciziilor repetate (niciodată urmate de vreun efect) ale Comitetului pentru Drepturile Persoanelor cu Handicap de la ONU. În faza terminală, am fost martorii unui spectacol deconcertant în care trei jurisdicții au luat decizii contrare în decurs de câteva săptămâni, fără să fi apărut vreun element nou.

Dacă am intervenit și eu în această dezbatere (foarte târziu, în al douăsprezecelea ceas), printr-o cronică publicată în *Le Monde*, am făcut-o pentru că am fost siderat să văd că guvernul a făcut recurs în casație împotriva deciziei Curții de Apel de la Paris, care impunea statului francez să reia alimentația și hidratarea lui Vincent Lambert. De acord că pe atunci nu eram foarte bine informat; dar tot nu mi se părea că a da de băut și de mâncat unui bolnav (chiar și în mod artificial) poate fi încadrat în sfera „încrâncenării terapeutice exagerate". Ulterior, am avut ocazia să văd acele perfuzii folosite pentru hrănirea și hidratarea bolnavilor incapabili de deglutiție; sunt niște echipamente mici, ușor de transportat, pe care familia le poate schimba singură, când îi este încredințată o rudă, fără să fie nevoie să apeleze la personal medical specializat; nimic constrângător, nimic greoi. Și atunci, încrâncenare terapeutică?

Această intervenție a statului, fără de care Vincent Lambert ar fi trăit și astăzi, mi s-a părut atunci și încă mi se pare de neînțeles; aruncă și va continua să arunce o umbră de îndoială asupra primului mandat al lui Emmanuel Macron. Chiar dacă statul francez are o parte de responsabilitate în faza finală a acestei drame, dacă reexaminăm faptele, cel mai rău ne lovește încrâncenarea criminală a Spitalului Universitar din Reims, asta în timp ce alte unități medicale din Franța se declarau pregătite să-l primească pe acest pacient și să-i ofere toate îngrijirile de care avea nevoie. Prin urmare, nu era deloc ilegitim ca spitalul să fie adus în fața justiției. În primă instanță, Spitalul Universitar din Reims și doctorul Sanchez au fost achitați de Tribunalul din Reims. Emmanuel Hirsch ne spune în introducere că s-a hotărât să publice volumul la încheierea acestui proces în care a depus mărturie pentru partea civilă; din cauză că nu a înțeles, nu a putut înțelege niciodată de ce a trebuit să moară Vincent Lambert.

Astăzi există în Franța peste o mie cinci sute de persoane care trăiesc într-o stare vegetativă menținută-stare de minimă conștiență, comparabilă cu cea a lui Vincent Lambert; mulți oameni se află într-o situație chiar și mai grea (el putea, de pildă, să respire natural, fără traheotomie, ceea ce nu este valabil pentru toți). Ar trebui să-i considerăm de pe acum cadavre virtuale, aflate la voia hotărârilor judecătorești, când justiția a făcut atât de des dovada incoerenței și a imprevizibilității (ceea ce am fi înclinați să iertăm, ținând cont de ambiguitățile Legii Leonetti, bine scoase în evidență de profesorul Hirsch)? S-a gândit cineva la oamenii care își consacră zilele de lucru, compasiunea și energia pentru îngrijirea, cât pot ei de bine, a acestor bolnavi? Cât dispreț pentru această muncă dificilă, epuizantă din punct de vedere emoțional, pe care aproape toți și-au ales-o (aproape toți cei care lucrează într-o unitate de îngrijire a bolnavilor aflați în stare vegetativă menținută-stare de minimă conștiență sunt voluntari). Emmanuel Hirsch nu exagerează atunci când vorbește, în ultimul lui articol, despre „deruta etică și politică", și are dreptate să se teamă că vom asista în curând la noi capitulări.

Când eram copil îmi plăceau mult cărțile lui Jean Rostand. Era un umanist aproape „de școală veche", o specie pe cale de dispariție acum, din păcate, dar care a presimțit pericolele care ne amenință astăzi atunci când scria, în 1970, în *Le Courrier d'un biologiste*: „Cred că nu există nici o viață, oricât de degradată ar fi, oricât de deteriorată, oricât de înjosită, care să nu merite respect și care să nu merite apărată cu zel.

Am slăbiciunea să cred că onoarea unei societăți constă în faptul de a-și asuma și de a-și dori acest lux împovărător care este responsabilitatea față de incurabili, inutili și incapabili; aproape că i-aș măsura nivelul de civilizație prin cantitatea de efort și de vigilență pe care și le impune numai și numai din respect pentru viață...

Când va apărea obiceiul de a elimina monștrii, cele mai mici tare vor trece drept monstruozități. De la suprimarea oribilului la aceea a indezirabilului, nu mai e decât un pas... Această societate curățată, asanată, această societate în care mila n-ar mai fi de nici un folos, această societate fără deșeuri, fără greșeli, în care cei normali și puternici ar beneficia de resursele absorbite până acum de cei slabi și anormali, această societate ar ajunge să semene cu Sparta și i-ar încânta pe discipolii lui Nietzsche; dar nu sunt sigur că ar mai merita să fie numită societate umană".

Sparta se lăuda cu eficacitatea „și, din această cauză, a dispărut fără să lase urme"[1]. Societății noastre îi place și ei să se laude cu eficiența; va dispărea, la fel ca Sparta, și riscă să nu mai rămână din ea decât amintirea îndoielnică a unei rușini, umbra unui dezgust.

1. Nu mai știu cui ar trebui să-i atribuim acest amuzant citat despre Sparta; poate lui Chesterton, este în stilul lui (n.a).

Surse

„Le conservatisme, source de progrès“, în *Le Figaro*, 8 noiembrie 2003, reeditat în *Houellebecq*, Les Cahiers de l'Herne, 2017.

„Je suis normal. Écrivain normal“, în *Des nouvelles du Prix de Flore*, Flammarion, 2004.

„Le texte perdu“, prefață la *L'Imaginaire touristique* de Rachid Amirou, CNRS éditions, 2012.

„Entretien avec Frédéric Beigbeder“, în *Lui*, nr. 7, aprilie 2014.

„Un remède à l'épuisement d'être“, prefață la *Musée national* de Marc Lathuillière, La Martinière, 2014.

„Entretien avec Marin de Viry et Valérie Toranian“, în *Revue des deux mondes*, iulie 2015.

„Entretien avec Agathe Novak-Lechevalier“, publicată pe internet, aprilie 2017.

„Emmanuel Carrère et le problème du bien“, în *Emmanuel Carrère. Faire effraction dans le réel*, volum apărut sub îngrijirea lui Laurent Demanze și Dominique Rabaté, P.O.L., 2018.

„Donald Trump est un bon président“, în *Harper's Magazine*, ianuarie 2019.

„Entretien avec Geoffroy Lejeune“, în *First Things*, mai 2019, reluată în *Revue des deux mondes*, octombrie 2019.

„En un peu pire. Réponses à quelques amis“, scrisoare citită la France Inter, 4 mai 2020.

„L'affaire Vincent Lambert n'aurait pas dû avoir lieu“, prefață la *Vincent Lambert, une mort exemplaire?* de Emmanuel Hirsch, Le Cerf, iunie 2020.

Cuprins

Conservatorismul, izvor de progres 5
Sunt normal. Scriitor normal. 13
Textul pierdut. 23
Convorbire cu Frédéric Beigbeder 31
Un remediu la epuizarea de a fi 45
Convorbire cu Marin de Viry și Valérie Toranian 53
Convorbire cu Agathe Novak-Lechevalier. 83
Emmanuel Carrère și problema binelui 103
Donald Trump e un președinte bun. 117
Conversație cu Geoffroy Lejeune 129
Un pic mai rău. 159
Cazul Vincent Lambert n-ar fi trebuit să existe 167

Surse. 177

www.polirom.ro

Redactor: Vasile Mihalache
Coperta: Radu Răileanu
Tehnoredactor: Gabriela Ghețău

Bun de tipar: iunie 2022. Apărut: 2022
Editura Polirom, B-dul Carol I nr. 4 • P.O. BOX 266
700505, Iași, Tel. & Fax: (0232) 21.41.00; (0232) 21.41.11;
(0232) 21.74.40 (difuzare); E-mail: office@polirom.ro
București, Splaiul Unirii nr. 6, bl. B3A,
sc. 1, et. 1, sector 4, 040031, O.P. 53
Tel.: (021) 313.89.78; E-mail: office.bucuresti@polirom.ro

Tiparul executat la GANESHA PUBLISHING HOUSE – București
tel.: 021 423.20.58, tel./fax: 021 424.98.13,
e-mail: contact@ganesa.ro, web: ganesa.ro

Contravaloarea timbrului literar se depune în contul
Uniunii Scriitorilor din România
Nr. RO44RNCB5101000001710001 BCR UNIREA